HISTÓRIA DO OLHO

GEORGES BATAILLE

História do olho

Tradução
Eliane Robert Moraes

Posfácios
Eliane Robert Moraes
Michel Leiris
Roland Barthes

2ª reimpressão

COMPANHIA DAS LETRAS

Copyright © 1967 by Pauvert, © 2001 by Pauvert Département des Éditions Fayard
Copyright "Du temps de Lord Auch" in Georges Bataille e Michel Leiris, *Échanges et correspondances* © 2004 by Éditions Gallimard
Copyright "La Métaphore de l'œil" © 1964 by Éditions du Seuil

Grafia atualizada segundo o Acordo Ortográfico da Língua Portuguesa de 1990, que entrou em vigor no Brasil em 2009

Título original
Histoire de l'œil

Capa e foto de capa
Raul Loureiro

Revisão
Jane Pessoa
Clara Diament

Dados Internacionais de Catalogação na Publicação (CIP)
(Câmara Brasileira do Livro, SP, Brasil)

Bataille, Georges, 1897-1962.
História do olho / Georges Bataille ; tradução Eliane Robert Moraes ; posfácios Eliane Robert Moraes ; Michel Leiris ; Roland Barthes. — 1ª ed. — São Paulo : Companhia das Letras, 2018.

Título original: Histoire de l'œil.
ISBN: 978-85-359-3058-0

1. Ficção francesa I. Moraes, Eliane Robert. II. Leiris, Michel. III. Barthes, Roland. IV. Título.

17-11746 CDD-843

Índice para catálogo sistemático:
1. Ficção : Literatura francesa 843

Todos os direitos desta edição reservados à
EDITORA SCHWARCZ S.A.
Rua Bandeira Paulista, 702, cj. 32
04532-002 — São Paulo — SP
Telefone: (11) 3707-3500
www.companhiadasletras.com.br
www.blogdacompanhia.com.br
facebook.com/companhiadasletras
instagram.com/companhiadasletras
twitter.com/cialetras

Sumário

HISTÓRIA DO OLHO, 7

Um olho sem rosto, Eliane Robert Moraes, 89
Nos tempos de Lord Auch, Michel Leiris, 103
A metáfora do olho, Roland Barthes, 119

HISTÓRIA DO OLHO

O olho de gato

Fui criado sozinho e, até onde me lembro, vivia angustiado pelas coisas do sexo. Tinha quase dezesseis anos quando conheci uma garota da minha idade, Simone, na praia de X. Nossas famílias descobriram um parentesco longínquo e nossas relações logo se precipitaram. Três dias depois do nosso primeiro encontro, Simone e eu estávamos a sós em sua casa de campo. Ela vestia um avental preto e usava uma gola engomada. Comecei a me dar conta de que ela partilhava minha angústia, bem mais forte naquele dia em que parecia estar nua sob o avental.

Suas meias de seda preta subiam acima do joelho. Eu ainda não tinha conseguido vê-la até o cu (esse nome, que eu sempre empregava com Simone, era para mim o mais belo entre os nomes do sexo). Imaginava apenas que, levantando o avental, contemplaria a sua bunda pelada.

Havia no corredor um prato de leite para o gato.

— Os pratos foram feitos para a gente sentar — disse Simone. — Quer apostar que eu me sento no prato?

— Duvido que você se atreva — respondi, ofegante.

Fazia calor. Simone colocou o prato num banquinho, instalou-se à minha frente e, sem desviar dos meus olhos, sentou-se e mergulhou a bunda no leite. Por um momento fiquei imóvel, tremendo, o sangue subindo à cabeça, enquanto ela olhava meu pau se erguer na calça. Deitei-me a seus pés. Ela não se mexia; pela primeira vez, vi sua "carne rosa e negra" banhada em leite branco. Permanecemos imóveis por muito tempo, ambos ruborizados.

De repente, ela se levantou: o leite escorreu por suas coxas até as meias. Enxugou-se com um lenço, por cima da minha cabeça, com um pé no banquinho. Eu esfregava o pau, me remexendo no assoalho. Gozamos no mesmo instante, sem nos tocarmos. Porém, quando sua mãe retornou, sentando-me numa poltrona baixa, aproveitei um momento em que a menina se aninhou nos braços maternos: sem ser visto, levantei o avental e enfiei a mão por entre suas coxas quentes.

Voltei para casa correndo, louco para bater punheta de novo. No dia seguinte, amanheci de olheiras. Simone me olhou de frente, escondeu a cabeça contra o meu ombro e disse: "Não quero mais que você bata punheta sem mim".

Assim começou entre nós uma relação amorosa tão íntima e tão urgente que raramente passamos uma semana sem nos ver. De certa forma, nunca falamos disso. Percebo que ela tem, na minha presença, sentimentos semelhantes aos meus, difíceis de descrever. Lembro-me de um dia em que passeávamos de carro, em alta velocidade. Atropelei uma ciclista jovem e bela, cujo pescoço quase foi arrancado pelas rodas. Contemplamos a morta por um bom tempo. O horror e o desespero que exalavam aquelas carnes, em parte repugnantes, em parte delicadas, recordam o sentimento dos nossos primeiros encontros. Em geral, Simone é uma pessoa simples. É alta e bonita; nada tem de angustiado no olhar ou na voz. Mas é tão ávida por qualquer coisa que perturbe os sentidos, que o menor apelo confere ao seu rosto uma expressão que evoca o sangue, o pavor súbito, o crime, tudo o que arruína definitivamente a beatitude e a consciência tranquila. Vi pela primeira vez essa crispação muda e absoluta — que eu partilhava — no dia em que ela meteu a bunda no prato. Nunca nos olhamos atentamente, a não ser nesses momentos. Nunca estamos calmos, nem brincamos, a não ser durante os breves minutos de relaxamento, depois do orgasmo.

Devo dizer aqui que ficamos muito tempo sem fazer amor. Aproveitávamos as ocasiões para nos entregarmos às nossas brincadeiras. Não que o pudor nos faltasse, pelo contrário, mas uma espécie de mal-estar nos obrigava a desafiá-lo. Assim, mal acabara de me pedir que não batesse punheta sozinho (estávamos no alto de uma falésia), ela me baixou as calças, me fez deitar no chão e, arregaçando o vestido, montou na minha barriga, abandonando-se em cima de mim. Enfiei um dedo molhado de porra no seu cu. Então, ela se deitou com a cabeça debaixo do meu pau e, apoiando os joelhos nos meus ombros, levantou o cu até aproximá-lo da minha cabeça, que se mantinha à sua altura.

— Você pode fazer xixi para cima até o meu cu? — perguntou-me.

— Posso — respondi —, mas o mijo vai escorrer no seu vestido e no seu rosto.

— E daí? — concluiu ela, e eu obedeci; mas nem havia terminado e a inundava de novo, desta vez de porra branca.

Enquanto isso, o cheiro do mar misturava-se ao de roupa molhada, de nossos ventres nus e de porra. A tarde caía e permanecemos naquela posição, imóveis, quando ouvimos passos estalando na grama.

— Não se mexa — suplicou Simone.

Os passos cessaram; não podíamos ver quem se aproximava, seguramos a respiração. O cu de Simone, erguido daquele jeito, parecia na verdade uma poderosa súplica: era perfeito, as nádegas apertadas e delicadas, a rachadura profunda. Eu não duvidava que o desconhecido, ou a desconhecida, logo viesse a sucumbir, entregando-se à mesma nudez. Os passos recomeçaram, quase uma corrida, e vi surgir uma menina encantadora, Marcela, a mais pura e terna de nossas amigas. Estávamos os dois tão rígidos que não podíamos mover nem um dedo, e foi nossa infeliz amiga que de repente caiu na grama soluçando. Só então, já desgarrados um do outro, é que nos lançamos sobre aquele corpo abandonado. Simone levantou sua saia, arrancou a calcinha e me mostrou, arrebatada, um novo cu, tão lindo quanto o seu. Beijei-o raivosamente, bolinando o de Simone, cujas pernas tinham se fechado por trás da estranha Marcela, que nada mais escondia senão os seus soluços.

— Marcela — gritei —, por favor, não chore mais. Quero que você me beije na boca.

Simone, por sua vez, acariciava seus belos cabelos lisos, beijando-a por todo o corpo.

Enquanto isso, o céu ameaçava uma tempestade e, com a noite, grossos pingos de chuva haviam começado a cair, aliviando a tensão de um dia tórrido e sem ar. O mar fazia um barulho enorme, dominado pelos fortes estrondos dos trovões, e os relâmpagos permitiam ver, como à luz do dia, os dois cus excitados das meninas então emudecidas. Um frenesi brutal agitava nossos três corpos. Duas bocas juvenis disputavam meu cu, meus colhões e meu pau, e eu não parava de abrir pernas úmidas de saliva e porra. Era como se eu quisesse escapar do abraço de um monstro, e esse monstro era a violência de meus movimentos. A chuva quente caía torrencialmente e encharcava nossos corpos. A violência dos trovões nos assustava e aumentava a nossa fúria, arrancando-nos gritos que ficavam mais fortes a cada relâmpago, ante a visão de nossos sexos. Simone havia encontrado uma poça de lama e chafurdava nela: masturbava-se com a terra e gozava, açoitada pelo aguaceiro, minha cabeça espremida entre suas pernas enlameadas, o rosto mergulhado na poça onde ela esfregava o cu de Marcela, a quem abraçava por trás, a mão puxando as coxas e abrindo-as com força.

O armário normando

A partir dessa época, Simone adquiriu a mania de quebrar ovos com o cu. Para isso, colocava a cabeça no assento de uma poltrona, as costas coladas ao espaldar, as pernas dobradas na minha direção enquanto eu batia punheta para esporrar em seu rosto. Só então eu punha o ovo em cima do buraco: ela se deliciava a mexer com ele na rachadura profunda. No momento em que a porra jorrava, as nádegas quebravam o ovo, ela gozava, e eu, mergulhando o rosto no seu cu, me inundava com aquela imundície abundante.

Sua mãe surpreendeu nossa brincadeira, mas aquela mulher tão doce, embora tivesse uma vida exemplar, limitou-se na primeira vez a assistir à brincadeira sem dizer palavra, de modo que nós nem percebemos sua presença: acho que não conseguiu abrir a boca, de tanto pavor. Quando terminamos (correndo para arrumar a desordem), demos com ela de pé no vão da porta.

— Faça de conta que não viu nada — disse Simone, continuando a limpar o cu.

Saímos sem pressa.

Alguns dias depois, enquanto fazia ginástica comigo nas vigas de uma garagem, Simone mijou em cima daquela senhora que, sem se dar conta, havia parado debaixo dela. A velha se desviou, olhando-nos com seus olhos tristes e com um ar tão desamparado que nos incitou a retomar as brincadeiras. Simone caiu na gargalhada, engatinhando, exibindo o cu na minha cara; eu levantei sua saia e comecei a punheta, louco por vê-la nua diante da mãe.

Fazia uma semana que não víamos Marcela quando a reencontramos na rua. Aquela menina loira, tímida e candidamente devota corou de tal maneira que fez Simone beijá-la com uma ternura renovada.

— Desculpe-me — disse-lhe em voz baixa. — O que aconteceu no outro dia foi errado. Mas isso não impede que sejamos amigas agora. Prometo que nunca mais tentaremos tocá-la.

Marcela, que não tinha a mínima força de vontade, aceitou nos acompanhar e tomar lanche na casa de Simone, junto com uns amigos. Mas, em vez de chá, bebemos champanhe a rodo.

Ver Marcela corar nos deixava perturbados; Simone e eu tínhamos certeza de que dali em diante nada nos faria recuar. Além de Marcela, também estavam lá três moças bonitas e dois rapazes; o mais velho dos oito não tinha dezessete anos. A bebida produziu um efeito violento, mas, fora Simone e eu, ninguém atingira o ponto que desejávamos. Um fonógrafo resolveu o problema. Simone, dançando sozinha um ragtime endiabrado, exibiu as pernas até o cu. As outras moças, de pileque, não se negaram a imitá-la quando convidadas. Embora estivessem de calcinhas, essas não ocultavam grande coisa. Só Marcela, inebriada e silenciosa, é que se recusava a dançar.

Simone, que fingia estar completamente embriagada, agarrou uma toalha de mesa e, levantando-a, propôs uma aposta:

— Aposto — disse — que faço xixi nesta toalha na frente de todo mundo.

Aquilo era, em princípio, uma reunião de mocinhos ridículos e tolos. Um dos rapazes desafiou-a. A aposta foi feita sem condições. Simone não vacilou nem um pouco e encharcou a toalha. Mas sua audácia excitou-a até a medula. Tanto que os jovens, enlouquecidos, começaram a perder o pé.

— Já que a aposta é incondicional — disse Simone, com a voz rouca, ao perdedor —, vou tirar suas calças diante de todo mundo.

E o fez sem dificuldade. Uma vez tiradas as calças, Simone despiu-lhe a camisa (para evitar que ficasse ridículo). Nada de grave, porém, havia acontecido: Simone só tinha dado uma passada de mão no pau do colega. Mas ela pensava unicamente em Marcela, que me suplicava que a deixasse ir embora.

— Prometemos que não íamos tocá-la, Marcela, por que você quer ir embora?

— Porque sim — respondeu obstinadamente. Uma cólera pânica apoderava-se dela.

De repente, Simone caiu no chão, para o pavor dos outros. Tomada por uma confusão cada vez mais louca, as roupas em desordem, o cu para o ar, como num ataque de epilepsia, contorcia-se aos pés do rapaz que havia despido e balbuciava palavras sem nexo:

— Mije em cima de mim... mije no meu cu... — repetia com sofreguidão.

Marcela não tirava os olhos; estava vermelha como

sangue. Disse, sem me dirigir o olhar, que queria tirar o vestido. Tirei-o e depois a liberei de suas roupas de baixo; conservou o cinto e as meias. Mal se deixou bolinar e ser beijada na boca por mim, atravessou a sala como uma sonâmbula até chegar a um armário normando em que se trancou (havia murmurado umas palavras no ouvido de Simone).

Ela queria se masturbar dentro do armário e suplicava que a deixássemos só.

É preciso dizer que estávamos todos embriagados e transtornados com a audácia uns dos outros. O rapaz nu estava sendo chupado por uma mocinha. Simone, de pé e com a saia levantada, esfregava as nádegas contra o armário onde se ouvia Marcela masturbar-se, num ofegar violento.

Aconteceu, de repente, uma coisa louca: um ruído de água seguido do aparecimento de um fio de líquido, que começou a escorrer por baixo da porta do móvel. A infeliz Marcela mijava dentro do armário enquanto gozava. A explosão de riso que se seguiu degenerou em uma orgia de corpos no chão, de pernas e cus ao léu, de saias molhadas e de porra. Os risos emergiam como soluços involuntários, interrompendo por instantes a investida sobre os cus e os paus. No entanto, logo depois se ouviu a triste Marcela soluçar sozinha e cada vez mais forte naquele urinol improvisado que lhe servia agora de prisão.

Passada meia hora, já um pouco mais sóbrio, me veio a ideia de ajudar Marcela a sair do armário. A infeliz estava desesperada, tremia e tiritava de febre. Ao me ver, manifestou um pavor doentio. Eu estava pálido, manchado de sangue, vestido de qualquer jeito. Corpos sujos e despidos jaziam atrás de mim, numa desordem desvairada. Dois de nós estavam sangrando, cortados por cacos de vidro; uma moça vomitava; nossos ataques de riso haviam sido tão violentos que alguns tinham molhado as roupas, e outros, as poltronas ou o chão; a consequência era um cheiro de sangue, de esperma, de urina e de vômito que faria qualquer um recuar de horror, mas o que me assustou ainda mais foi o grito que irrompeu na garganta de Marcela. Devo dizer que Simone dormia de barriga para o ar, as mãos nos pentelhos, o rosto sereno.

Marcela, que saltara do armário cambaleante e soltando grunhidos informes, ao olhar-me de novo, recuou como se deparasse a morte; tombou no chão e deixou escapar uma ladainha de gritos inumanos.

Coisa estranha, esses gritos me devolveram o ânimo. Alguém iria aparecer, era inevitável. Não pensei em fugir, nem tentei diminuir o escândalo. Pelo contrário, fui abrir a porta: espetáculo e gozo inauditos! Imaginem as exclamações, os gritos, as ameaças desproporcionadas dos pais ao entrarem no quarto: o tribunal, a prisão, a forca foram evocados com berros incendiários e maldições exasperadas. Nossos próprios amigos passaram a gritar, até explodirem num desvario de berros e lágrimas: parecia que tinham pegado fogo, como se fossem tochas.

Ainda assim, que atrocidade! Parecia que nada poderia pôr fim ao delírio tragicômico daqueles loucos. Marcela, ainda nua, não parava de gesticular, traduzindo em gritos um sofrimento moral e um pavor impossíveis; nós a vimos morder a mãe no rosto, entre os braços que tentavam, em vão, dominá-la.

O súbito aparecimento dos pais destruiu o que lhe restava de razão. Foi preciso recorrer à polícia. O bairro inteiro testemunhou o escândalo inusitado.

O cheiro de Marcela

Meus pais não haviam dado sinal de vida. Mesmo assim, achei mais prudente escapulir, prevendo a cólera de um velho pai, o tipo perfeito do general caquético e católico. Regressei a casa pela porta de trás, a fim de roubar uma soma suficiente de dinheiro. Certo de que aquele era o único lugar onde não me procurariam, tomei banho no quarto do meu pai. Cheguei ao campo às dez da noite, tendo deixado um bilhete para minha mãe em cima da mesa:

> Por favor, não mande a polícia atrás de mim. Levo comigo um revólver. A primeira bala será para o policial, a segunda para mim.

Nunca procurei tomar o que se chama "uma atitude". Queria apenas chocar minha família, inimiga irredutível dos escândalos. Mesmo assim, tendo escrito o bilhete levianamente e me divertindo com ele, não achei má ideia colocar no bolso o revólver do meu pai.

Caminhei quase a noite inteira à beira-mar, mas sem me afastar muito de X, devido à sinuosidade da costa. Queria me acalmar, caminhando: meu delírio fazia reviver, contra minha vontade, os fantasmas de Simone, de Marcela. Pouco a pouco, foi crescendo em mim a ideia de me matar; com o revólver na mão, acabei por não atinar com o sentido de palavras como esperança e desespero. O cansaço me impunha uma necessidade de dar, apesar de tudo, algum sentido à minha vida. Ela só o teria à medida que eu conseguisse aceitar uma série de acontecimentos. Aceitei a obsessão dos nomes: Simone, Marcela. Por mais que risse, eu me inquietava com uma disposição fantástica pela qual as minhas atitudes mais estranhas se misturavam sem cessar às delas.

Dormi num bosque durante o dia. Cheguei à casa de Simone ao cair da noite; entrei no jardim pulando o muro. O quarto da minha amiga estava iluminado: joguei pedregulhos contra a janela. Simone desceu. Partimos, quase sem dizer palavra, em direção ao mar. Estávamos contentes por nos reencontrarmos. Estava escuro e, de vez em quando, eu levantava o vestido dela e enfiava a mão no seu cu: não me dava o menor prazer. Ela sentou-se, eu me deitei a seus pés: percebi que ia chorar. Com efeito, solucei demoradamente sobre a areia.

— O que foi? — perguntou Simone.

Ela me chutou, de brincadeira. Seu pé bateu no revólver que estava no meu bolso. Um estouro assustador nos arrancou um grito. Eu não estava ferido e me surpreendi de pé, como se entrasse num outro mundo. Simone, por sua vez, estava pálida e extenuada.

Nesse dia, nem pensamos em nos masturbar.

Nós nos beijamos demoradamente na boca, como nunca tínhamos feito antes.

Vivi assim alguns dias; voltávamos para casa noite adentro. Dormíamos no quarto dela, onde eu ficava escondido até anoitecer. Simone me trazia comida. A mãe dela, a quem faltava autoridade (no dia do escândalo, mal começou a gritaria e ela saiu de casa), aceitava a situação. Quanto aos criados, já fazia muito tempo que o dinheiro os mantinha submissos a Simone.

Graças a eles, ficamos conhecendo as circunstâncias da internação de Marcela e o nome da casa de saúde onde ela estava reclusa. Desde o primeiro dia, nossa atenção se voltou exclusivamente para ela, para a sua loucura, a solidão de seu corpo, para as possibilidades de encontrá-la, de ajudá-la a fugir, talvez.

Um dia, tentei pegar Simone à força.

— Louco! — gritou ela. — Olhe, meu querido, assim não me interessa, na cama, como uma mãe de família! Com Marcela...

— Como? — respondi decepcionado, mas concordando com ela.

Aproximou-se de novo, afetuosamente, e disse com um tom sonhador:

— ... quando ela nos vir fazendo amor... vai fazer xixi... assim...

Senti um líquido encantador escorrer por minhas pernas. Quando ela terminou, foi minha vez de inundá-la. Levantei-me, subi até sua cabeça e enchi seu rosto de porra. Suja, ela gozou como louca. Aspirava, feliz, nosso cheiro.

— Você cheira a Marcela — disse, com o nariz debaixo do meu cu ainda úmido.

Éramos tomados com frequência por um desejo doloroso de fazer amor. Mas não nos passava pela cabeça a ideia de fazê-lo sem esperar Marcela, cujos gritos não paravam de excitar nossos ouvidos e permaneciam ligados aos nossos desejos mais turvos. Nessas condições, nosso sonho nada mais era que um longo pesadelo. O sorriso de Marcela, a sua juventude, os seus soluços, a vergonha que a fazia corar e, vermelha e suada, tirar o vestido, abandonar suas lindas nádegas redondas a bocas ímpias, o delírio que a tinha levado a se trancar no armário e lá se masturbar com tal entrega que não pôde conter o mijo, tudo isso deformava, destroçava sem parar os nossos desejos. Simone, cuja conduta no escândalo fora mais infernal que nunca (não se cobrira sequer, pelo contrário, tinha aberto as pernas), não conseguia esquecer que o orgasmo imprevisto decorrente do seu próprio despudor, dos gemidos e da nudez de Marcela havia ultrapassado em intensidade tudo o que tinha imaginado até então. Seu cu já não se abria para mim sem que o espectro de Marcela furiosa, delirante e ruborizada levasse os seus gozos a um nível aterrador, como se o sacrilégio tivesse que converter tudo o mais em horror e infâmia.

Aliás, as regiões pantanosas do cu — às quais só se assemelham os dias que ameaçam enchente e tempestade, ou os vapores sufocantes dos vulcões que ainda não entraram em atividade, como o presságio de um desastre —, essas regiões turbulentas que Simone, num abandono que só prenunciava violências, me deixava observar como que hipnotizado nada mais eram para mim que o império subterrâneo de uma Marcela torturada em sua prisão e tornada vítima de seus pesadelos. Eu só compreendia mesmo uma coisa: até que ponto o orgasmo desfigurava essa garota cujos soluços eram entrecortados por gritos.

Simone, por seu lado, não olhava mais a porra que eu

fazia jorrar sem imaginá-la ao mesmo tempo lambuzando abundantemente a boca e o cu de Marcela.

— Você poderia chicotear o rosto dela com porra — disse-me ela enquanto se lambuzava entre as pernas, "para fumegar".

Uma mancha de sol

As outras mulheres e os outros homens não nos interessavam mais. Pensávamos apenas em Marcela, imaginando puerilmente seu enforcamento voluntário, o enterro clandestino, as aparições fúnebres. Uma noite, bem-informados, saímos de bicicleta para a casa de saúde onde a nossa amiga havia sido internada. Em menos de meia hora, percorremos os vinte quilômetros que nos separavam de um castelo no meio de um parque, isolado sobre um penhasco que dominava o mar. Sabíamos que Marcela ocupava o quarto número 8, mas era preciso ter acesso ao interior para encontrá-la. Só conseguiríamos entrar naquele quarto pela janela, depois de ter serrado as grades. Nem havíamos pensado como identificá-la quando uma estranha aparição chamou nossa atenção. Tínhamos pulado o muro e nos encontrávamos naquele parque onde o vento forte agitava as árvores, quando vimos uma janela abrir-se e uma sombra amarrar firmemente um lençol às grades. O lençol logo rebentou sob o vento e a janela se fechou antes que pudéssemos reconhecer a sombra.

É difícil imaginar o estrondo daquele enorme lençol surpreendido pelo temporal: superava em muito o barulho do mar e do vento. Pela primeira vez, eu via Simone angustiada com outra coisa além de seu próprio despudor; ela se agarrou a mim, o coração batendo, e não tirou os olhos daquele fantasma enfurecido na noite, como se a própria demência tivesse acabado de hastear sua bandeira sobre o lúgubre castelo.

Permanecemos imóveis, Simone aninhada em meus braços, e eu meio aturdido, quando de repente o vento pareceu rasgar as nuvens e a lua iluminou, com precisão reveladora, um pormenor tão estranho e tão pungente que fez Simone estrangular um soluço na garganta: no meio do lençol, que se estendia ao vento com um ruído estridente, havia uma grande mancha molhada que se tornava transparente ao ser atravessada pela luz da lua...

Passado um instante, as nuvens encobriram novamente o disco lunar: tudo mergulhou na sombra.

Fiquei de pé, sufocado, com os cabelos ao vento, chorando como um desgraçado, enquanto Simone, esparramada na grama, se entregava pela primeira vez à agitação dos grandes soluços infantis.

Então era nossa infeliz amiga, era sem dúvida Marcela que acabara de abrir aquela janela sem luz, era ela que havia amarrado aquele alucinante sinal de desespero às grades de sua prisão. Devia ter se masturbado na cama, com tal perturbação dos sentidos que se molhara toda; nós a vimos em seguida, ao amarrar o lençol nas grades para que secasse.

Eu não sabia o que fazer naquele parque, diante daquela falsa casa de repouso com grades nas janelas. Afastei-me, deixando Simone estendida na grama. Queria apenas respirar um pouco sozinho, mas uma das janelas sem grades, do térreo, ficara entreaberta. Certifiquei-me de que o revólver estava no bolso e entrei: era uma sala como outra qualquer. Uma lanterna de bolso me permitiu passar para uma sala de espera e depois para uma escada. Eu não via nada, não encontrava nada: os quartos não eram numerados. Aliás, era incapaz de entender fosse o que fosse, enfeitiçado; nem sei por que tirei as calças e continuei, só de camisa, a minha angustiante exploração. Tirei o resto da roupa, peça por peça, e coloquei tudo sobre uma cadeira, ficando só de sapatos. Com a lanterna na mão esquerda e o revólver na direita, caminhava ao acaso. Um ligeiro ruído me fez apagar a lanterna. Fiquei imóvel, ouvindo minha respiração irregular. Passados longos minutos de angústia sem escutar nada, tornei a acender a lanterna: um pequeno grito me obrigou a fugir tão depressa que esqueci minhas roupas na cadeira.

Senti que era seguido; corri em direção à saída; saltei pela janela e me escondi numa alameda. Mal acabara de retornar quando uma mulher nua se perfilou no vão da porta; pulou como eu para o parque e fugiu correndo em direção aos arbustos espinhosos.

Nada era mais estranho, naqueles minutos de angústia, do que a minha nudez ao vento na alameda de um jardim desconhecido. Tudo acontecia como se eu tivesse deixado a Terra, tanto mais que o temporal tépido sugeria um convite. Não sabia o que fazer com o revólver: me faltavam bolsos. Persegui a mulher que vira passar como se quisesse abatê-la. O barulho dos elementos enfurecidos, o alarido das árvores e do lençol levaram ao cúmulo aquela confusão. Não havia nada de seguro, nem nas minhas intenções, nem nos meus gestos.

Parei; tinha alcançado os arbustos onde a sombra havia desaparecido minutos antes. Exaltado, revólver na mão, olhei em volta: nesse momento, meu corpo dilacerou-se; uma mão molhada de saliva tinha agarrado meu pau e me batia punheta, um beijo melado e ardente penetrava a intimidade do meu cu; o peito nu, as pernas nuas de uma mulher colavam-se às minhas pernas com um tremor de orgasmo. Mal tive tempo de me virar para cuspir a minha porra no rosto de Simone; com o revólver na mão, fui percorrido por um arrepio de violência semelhante ao do temporal, os meus dentes rangiam, os meus lábios espumavam, com os braços e as mãos contorcidas apertei impetuosamente o revólver e, sem querer, três tiros cegos e terríveis partiram em direção ao castelo.

Ébrios e relaxados, Simone e eu escapamos um do outro, correndo em disparada na grama, feito cachorros. O temporal era forte demais para que os tiros tivessem acordado os habitantes do castelo. Porém, olhando para a janela onde o lençol rebentava, constatamos, surpresos, que uma das balas havia atravessado uma vidraça, quando vimos essa janela atingida se abrir e a sombra aparecer pela segunda vez.

Aterrorizados, como se víssemos Marcela despencar morta e ensanguentada pelo vão da janela, permanecemos em pé diante daquela aparição imóvel, incapazes de nos fazer ouvir por ela, tal era a fúria do vento.

— Onde foram parar as suas roupas? — perguntei a Simone, logo depois.

Ela respondeu que havia procurado por mim e, não me encontrando, decidira explorar o interior do castelo, como eu. Porém, antes de passar pela janela, tinha tirado a roupa, imaginando assim ficar "mais livre". E quando, estando em meu encalço, se assustou comigo e fugiu, não conseguiu mais achar o vestido. O vento devia tê-lo levado. Enquanto isso, ela vigiava Marcela e nem lhe passou pela cabeça me perguntar por que eu mesmo estava nu.

A moça da janela desapareceu. Os minutos que transcorreram pareceram eternos; ela acendeu a luz do quarto, voltou em seguida para respirar o ar livre e olhou em direção ao mar. Seus cabelos pálidos e escorridos eram levados pelo vento, distinguíamos os traços do seu rosto: nada tinha mudado, exceto a inquietação selvagem do olhar, que contrastava com uma simplicidade ainda infantil. Aparentava treze, e não dezesseis anos. Seu corpo, envolto por uma camisola leve, era esbelto, mas cheio, duro e sem brilho, tão belo quanto o seu olhar fixo.

Quando finalmente deu pela nossa presença, a surpresa pareceu devolver-lhe a vida. Gritou, mas não escutávamos nada. Fazíamos sinais. Ela corara até as orelhas. Simone, que quase chorava enquanto eu acariciava ternamente sua testa, mandou-lhe beijos que ela devolveu sem sorrir. Por fim, Simone deixou a mão descer ao longo da barriga até os pentelhos. Marcela imitou-a e, colocando um pé na beirada da janela, descobriu uma perna cujas meias de seda branca encostavam nos pelos louros. Coisa estranha: ela usava um cinto branco e meias brancas, ao passo que Simone, a morena, cujo cu se amoldava em minhas mãos, usava um cinto preto e meias pretas.

Nesse meio-tempo, as duas moças se masturbavam com gestos curtos e bruscos, face a face, naquela noite de tempestade. Estavam quase imóveis, tensas, o olhar petrificado por uma alegria desmesurada. Parecia que um monstro invisível arrancava Marcela das grades que sua mão esquerda agarrava: nós a vimos cair de costas, no seu delírio. À nossa frente ficou apenas uma janela vazia, buraco retangular recortando a noite negra, desvelando aos nossos olhos cansados um mundo feito de relâmpagos e de aurora.

Um fio de sangue

A urina, para mim, está associada ao salitre, e o relâmpago, não sei por quê, a um penico antigo de terracota, abandonado num dia chuvoso de outono sobre o telhado de zinco de uma lavanderia de província. Desde a primeira noite, na casa de saúde, essas desoladoras representações se uniram, na zona escura de meu espírito, ao sexo úmido e ao rosto abatido de Marcela. Todavia, essa paisagem da minha imaginação era subitamente invadida por um fio de luz e sangue: com efeito, Marcela jamais gozava sem se inundar, não de sangue, mas de um jato de urina clara e, a meus olhos, até mesmo luminosa. Esse jato, de início violento, entrecortado como um soluço, e depois liberado livremente, coincidia com um gozo inumano. Não causa espanto que os aspectos mais áridos e mais lazarentos de um sonho sejam apenas uma solicitação a tal ato; eles correspondem ao obstinado desejo de uma fulguração — semelhante, nesse aspecto, à visão do buraco iluminado da janela vazia, no momento em que Marcela, caída no chão, o inundava sem parar.

Naquele dia de tempestade sem chuva, Simone e eu tivemos que escapar do castelo em meio à escuridão hostil, fugindo como animais, com a imaginação obcecada pelo tédio que, por certo, voltaria a dominar Marcela. A infeliz interna parecia uma encarnação da tristeza e das fúrias que, sem trégua, entregavam nossos corpos à devassidão. Pouco depois (tendo achado nossas bicicletas), só pudemos oferecer um ao outro o espetáculo irritante, teoricamente sujo, de um corpo nu e calçado em cima da máquina. Pedalávamos velozmente, sem rir nem conversar, no isolamento comum do despudor, da fadiga, do absurdo.

Estávamos mortos de cansaço. No meio de uma encosta, Simone parou, tomada de calafrios. Estávamos encharcados de suor, e Simone tremia, batendo os dentes. Tirei-lhe então uma das meias para enxugar o seu corpo: tinha um cheiro quente, como a cama dos doentes e a cama dos devassos. Pouco a pouco, ela recuperou um estado menos penoso e me ofereceu seus lábios em gesto de gratidão.

Eu continuava extremamente inquieto. Ainda estávamos a dez quilômetros de X e, no estado em que nos encontrávamos, era preciso chegar a todo custo antes do amanhecer. Mal conseguia ficar de pé, no desespero de terminar aquela escalada pelo impossível. O tempo transcorrido desde que abandonamos o mundo real, constituído pelas pessoas vestidas, estava tão distante que parecia fora de nosso alcance. Essa alucinação pessoal se desenrolava agora com a mesma falta de limites que o pesadelo global da sociedade humana, por exemplo, com a terra, a atmosfera e o céu.

O selim de couro colava-se ao cu pelado de Simone, que, fatalmente, se masturbava ao girar as pernas. O pneu de trás desaparecia, aos meus olhos, diante da rachadura da bunda nua da ciclista. O movimento rápido de rotação da roda era, de resto, equivalente à minha ânsia, àquela ereção que já me arrastava ao abismo do cu colado ao selim. O vento tinha abrandado um pouco, parte do céu estava coberta de estrelas; pensei que, sendo a morte a única saída para minha ereção, uma vez mortos Simone e eu, o universo da nossa visão pessoal seria substituído por estrelas puras, realizando a frio o que me parecia ser o fim da minha devassidão, uma incandescência geométrica (coincidência, entre outras, da vida e da morte, do ser e do nada) e perfeitamente fulgurante.

Mas essas imagens permaneciam ligadas às contradições de um estado de esgotamento prolongado e de uma absurda rijeza do membro viril. Simone mal conseguia ver essa rigidez, devido à escuridão, ainda mais porque minha perna esquerda a escondia a cada pedalada. Parecia-me, no entanto, que seus olhos procuravam, na noite, esse ponto de ruptura do meu corpo. Ela se masturbava no selim com movimentos cada vez mais bruscos. Assim como eu, não tinha esgotado a tempestade evocada por sua nudez. Eu ouvia seus gemidos roucos; ela foi literalmente arrebatada pelo gozo e seu corpo nu foi jogado sobre o talude com um ruído de aço arrastando os cascalhos.

Encontrei-a inerte, a cabeça caída: um estreito fio de sangue tinha escorrido por um canto da boca. Levantei um de seus braços, que voltou a cair. Lancei-me sobre aquele corpo inanimado, tremendo de horror, e, ao abraçá-lo, fui involuntariamente atravessado por um espasmo de borra e sangue, com um esgar do lábio inferior afastado dos dentes, como na cara dos idiotas.

Recuperando lentamente os sentidos, Simone fez um

movimento que me despertou. Saí da sonolência em que minha depressão tinha me afundado, quando pensei ter maculado o seu cadáver. Nenhum ferimento, nenhuma contusão haviam marcado o corpo que continuava vestido apenas com as ligas e uma das meias. Tomei-a nos braços e a carreguei estrada afora sem pensar no meu cansaço; caminhava o mais depressa possível (o dia já começava a nascer). Um esforço sobre-humano me permitiu chegar até a casa de campo, satisfeito por conseguir deitar minha encantadora amiga, viva, em sua cama.

Meu rosto estava melado de suor. Meus olhos estavam vermelhos e inchados, meus ouvidos zumbiam e meus dentes batiam, mas eu havia salvado a mulher que amava e pensava que em breve tornaríamos a ver Marcela; assim, ensopado de suor e manchado de pó coagulado, me estendi ao lado do corpo de Simone e me entreguei sem gemer a longos pesadelos.

Simone

Ao acidente pouco grave de Simone seguiu-se um período tranquilo. Ela ficara doente. Quando a mãe dela chegava, eu passava para o banheiro. Aproveitava para mijar ou tomar banho. A primeira vez que essa mulher quis entrar lá, a filha impediu-a.

— Não entre — disse —, tem um homem nu lá dentro.

Simone não tardava a expulsá-la e eu retomava o meu lugar na cadeira ao lado da cama. Fumava, lia jornais. Por vezes, carregava Simone em meus braços, queimando de febre; levava-a para fazer xixi no banheiro. Em seguida lavava-a cuidadosamente no bidê. Ela estava fraca, e, obviamente, não me demorava ao tocá-la.

Em pouco tempo ela começou a se divertir, fazendo que eu jogasse ovos na bacia da privada, ovos duros, que afundavam, e ovos chupados, mais ou menos vazios. Ficava sentada a contemplar aqueles ovos. Eu a instalava na privada: ela os olhava por entre as pernas, sob o seu cu; por fim, eu puxava a descarga.

Outra brincadeira consistia em quebrar um ovo na borda do bidê e esvaziá-lo debaixo dela; ora ela mijava no ovo, ora eu tirava as calças para sorvê-lo no fundo do bidê; ela prometeu-me que, quando ficasse boa de novo, faria a mesma coisa na minha frente e depois na frente de Marcela.

Ao mesmo tempo, imaginávamos deitar Marcela, vestida e calçada mas com as saias levantadas, numa banheira cheia até a metade de ovos que ela esmagaria fazendo xixi. Simone sonhava ainda que eu seguraria Marcela nua em meus braços, de cu para cima, as pernas dobradas mas de cabeça para baixo; então, ela mesma, vestida com um robe molhado de água quente e grudado no corpo, mas deixando o peito nu, subiria numa cadeira branca. Eu excitaria os seios dela, colocando seus bicos no cano de um revólver militar carregado mas recém-disparado, o que teria, em primeiro lugar, o poder de nos impressionar e, em segundo, de conservar no cano um cheiro de pólvora. Enquanto isso, lá do alto ela despejaria creme de leite fresco sobre o ânus cinza de Marcela, fazendo-o escorrer; urinaria também no seu robe ou, caso ele abrisse, sobre as costas e a cabeça de Marcela, na qual eu poderia igualmente urinar. Marcela então me inundaria, já que eu teria o meu pescoço preso entre suas coxas. Ela poderia, ainda, colocar meu pau na sua boca enquanto eu estivesse mijando.

Era depois de tais sonhos que Simone me pedia para acomodá-la sobre uns cobertores perto da privada, sobre a qual ela inclinava o rosto, apoiando os braços nas bordas da bacia, de forma a poder fixar nos ovos os seus olhos esbugalhados. Eu me instalava então a seu lado e nossas faces, nossas têmporas, se tocavam. Uma longa contemplação nos apaziguava. O barulho da descarga, engolindo os ovos, divertia Simone: assim ela ficava livre da obsessão e recuperava seu bom humor.

Um dia, finalmente, na hora em que o sol oblíquo das seis horas iluminava o banheiro, um ovo meio vazio se encheu de água e, tendo feito um ruído estranho, naufragou sob nossos olhos; Simone, para quem esse incidente estava repleto de sentido, se ergueu e gozou demoradamente, bebendo, por assim dizer, o meu olho com os seus lábios. Em seguida, sem largar esse olho chupado tão obstinadamente como um seio, ela sentou-se e, aproximando a minha cabeça, mijou nos ovos flutuantes com vigor e satisfação evidentes.

A partir de então, eu podia considerá-la curada. Ela manifestou seu contentamento, falando demoradamente sobre assuntos íntimos, embora não tivesse o costume de falar de si, nem de mim. Confessou-me sorrindo que, no instante anterior, tivera vontade de se aliviar por completo; contivera-se para prolongar o prazer. Tamanha vontade dilatava sua barriga, ela sentia seu cu inchar como uma flor prestes a desabrochar. Minha mão estava entre suas nádegas; ela contou-me que já estivera no mesmo estado, que era infinitamente gostoso. Quando perguntei o que lhe lembrava a palavra urinar, ela me respondeu *burilar*, os olhos, com uma navalha, algo vermelho, o sol. E o ovo? Um olho de vaca, devido à cor da cabeça, aliás, a clara do ovo era o branco do olho, e a gema, a pupila. A forma do olho, na sua opinião, era a do ovo. Pediu-me que, quando saíssemos, fôssemos quebrar ovos no ar, sob o sol, com tiros de revólver. Parecia-me impossível, mas ela insistiu com argumentos divertidos. Jogava alegremente com as palavras, ora dizendo quebrar um olho, ora furar um ovo, desenvolvendo raciocínios insustentáveis.

Acrescentou que o cheiro do cu, dos peidos, era, no seu entender, como o cheiro da pólvora, e um jato de urina, "um tiro visto como uma luz". Cada uma de suas nádegas era um ovo duro descascado. Pedíamos que nos trouxessem ovos quentes, sem casca, para a privada: ela me prometeu que mais tarde se aliviaria inteiramente sobre esses ovos. Como seu cu ainda estivesse na minha mão, no estado que ela me confiara, depois dessa promessa uma tempestade começou a crescer dentro de nós.

É preciso dizer também que um quarto de doente é um lugar apropriado para reencontrar a lubricidade infantil. Chupava o seio de Simone enquanto esperava os ovos quentes. Ela acariciava a minha cabeça. Sua mãe nos trouxe os ovos. Não virei a cabeça. Tomando-a por uma criada, continuei. Quando reconheci sua voz, continuei imóvel, sem renunciar ao seio nem por um instante; baixei as calças, como quem tivesse que satisfazer uma necessidade, sem ostentação, mas com o desejo de que ela fosse embora e com o prazer de ultrapassar os limites. Quando ela se retirou, começava a escurecer. Acendi a luz do banheiro. Simone sentou-se na privada, cada um de nós comeu um ovo quente, acariciei o corpo da minha amiga, fazendo deslizar os outros ovos em cima dela, e sobretudo na rachadura das nádegas. Simone olhou-os por algum tempo, imersos, brancos e quentes, sem casca, como se estivessem nus sob sua bunda; ela prosseguiu a imersão com um barulho de queda semelhante ao dos ovos quentes.

Cumpre dizer aqui: nada desse gênero aconteceu entre nós desde então; com uma única exceção, não falamos mais de ovos. Se víamos algum, não conseguíamos nos olhar de frente sem corar, com uma interrogação turva nos olhos.

O final desta história mostrará que essa interrogação não ficaria sem resposta, e que tal resposta dava a medida do vazio aberto em nós pelas nossas brincadeiras com ovos.

Marcela

Simone e eu evitávamos qualquer alusão às nossas obsessões. A palavra ovo foi banida do nosso vocabulário. Também não falávamos do desejo que tínhamos um pelo outro. E menos ainda do que Marcela representava para nós. Enquanto durou a doença de Simone, permanecemos naquele quarto, esperando o dia em que voltaríamos para junto de Marcela, com aquela excitação que, na escola, precedia a saída da classe. Porém, às vezes imaginávamos vagamente esse dia. Preparei uma pequena corda com nós e uma serra de metais que Simone examinou cuidadosamente. Trouxe de volta as bicicletas abandonadas numa moita, lubrifiquei-as atentamente e fixei à minha mais um par de pedais, pensando em trazer uma das moças comigo. Nada era mais fácil, pelo menos por algum tempo, do que abrigar Marcela no quarto de Simone, junto comigo.

Passaram-se seis semanas até que Simone estivesse em condições de me acompanhar à casa de saúde. Partimos à noite. Eu continuava a me esconder durante o dia, pois tínhamos todo o interesse em não chamar a atenção. Estava ansioso para chegar àquele lugar que, em minha confusão, imaginava ser um castelo mal-assombrado, já que as palavras "castelo" e "casa de saúde" estavam associadas na minha memória à lembrança do lençol fantasma e daquela morada silenciosa, habitada por loucos. Coisa espantosa, eu tinha a impressão de ir para a minha casa, já que em qualquer outro lugar me sentia deslocado.

Essa impressão foi confirmada quando pulei o muro e vi o edifício erguer-se diante de nós. Apenas a janela de Marcela estava iluminada e escancarada. Os pedriscos de uma alameda, atirados para o quarto, atraíram a atenção da moça; ela nos reconheceu e obedeceu ao sinal que fizemos, com um dedo na boca. Apontamos imediatamente para a corda com nós, para informá-la de nossas intenções. Lancei a corda com um peso de chumbo. Ela passou-a por trás das grades e jogou-a de volta. Não houve dificuldades; a corda foi pendurada, amarrada, e eu trepei até a janela.

A princípio, Marcela recuou quando tentei beijá-la. Limitou-se a me observar, com extrema atenção, enquanto eu serrava uma das grades. Pedi-lhe em voz baixa que se vestisse para nos acompanhar; ela usava um roupão. Virando-me as costas, enfiou um par de meias de seda e prendeu-as numa cinta feita de fitas bem vermelhas, que realçavam sua bunda de uma pureza e de uma delicadeza de pele surpreendentes. Continuei a serrar, encharcado de suor. Marcela vestiu uma blusa que cobria seu quadril liso, cujas linhas desembocavam agressivamente no cu, ainda mais saliente quando ela pôs uma perna sobre a cadeira. Não vestiu a calcinha. Enfiou uma saia pregueada de lã cinza e uma malha xadrez de quadradinhos pretos, brancos e vermelhos. Assim vestida e calçada com sapatos de salto baixo, veio sentar-se perto de mim. Eu podia acariciar, com uma das mãos, os seus belos cabelos lisos, tão loiros que pareciam pálidos. Ela me olhava com afeição e parecia emocionada com minha alegria muda.

— Nós vamos nos casar, não é mesmo? — disse por fim. — Aqui é ruim, a gente sofre...

Naquele momento, não me passava pela cabeça qualquer ideia que não fosse a de me devotar, até o resto de meus dias, àquela aparição irreal. Beijei-a demoradamente na testa e nos olhos. Tendo uma de suas mãos escorregado, por acaso, sobre uma de minhas pernas, ela me olhou com espanto, mas, antes de retirá-la, acariciou-me por cima do tecido com um gesto ausente.

A imunda grade cedeu após um longo esforço. Afastei-a com todas as minhas forças, abrindo o espaço necessário à passagem. Ela conseguiu passar, ajudei-a a descer, enfiando a mão nua entre suas pernas. Já no chão, aninhou-se nos meus braços e beijou-me na boca. Simone, a nossos pés e com os olhos brilhantes de lágrimas, abraçou suas pernas, beijando-lhe as coxas, nas quais encostou inicialmente suas bochechas, mas, não podendo conter um estremecimento de gozo, abriu-lhe o corpo e, colando seus lábios à vulva, beijou-a avidamente.

Simone e eu nos demos conta de que Marcela não entendia o que se passava. Ela sorria, imaginando a surpresa do diretor do "castelo mal-assombrado" quando a visse com seu marido. Mal reparava na existência de Simone, a quem, rindo, tomava às vezes por um lobo, por causa da cabeleira negra, do mutismo, e por ter encontrado a cabeça de minha amiga encostada à sua perna, como um cão. Porém, quando lhe falei do "castelo mal-assombrado", ela não teve dúvidas de que se tratava da casa onde estivera internada, e sempre que pensava nisso o pavor a afastava de mim, como se algum fantasma tivesse surgido na escuridão. Olhei-a inquieto, e como eu tinha uma expressão dura já naquela época, assustei-a. Pediu-me, quase no mesmo instante, que a protegesse quando o Cardeal voltasse.

Estávamos deitados, à luz do luar, na orla de um bosque, querendo descansar um pouco a meio caminho e, sobretudo, desejando olhar e beijar Marcela.

— Quem é o Cardeal? — perguntou Simone.

— Aquele que me trancou no armário — respondeu Marcela.

— Por que o Cardeal? — exclamei.

Ela respondeu quase de imediato.

— Porque ele é o padre da guilhotina.

Lembrei-me do medo que ela tivera quando abri o armário; eu usava um barrete frígio na cabeça, feito com uma anágua vermelho-escura. Além disso, estava coberto de sangue dos ferimentos de uma moça com quem trepara.

Assim, o "Cardeal, padre da guilhotina" confundia-se, no pavor de Marcela, com o carrasco sujo de sangue que usava um barrete frígio; uma estranha coincidência de devoção e de horror aos padres explicava essa confusão que, para mim, permanece ligada tanto à minha inegável dureza de expressão quanto à angústia que me inspira continuamente a necessidade de meus atos.

Os olhos abertos da morta

Fiquei, de imediato, desnorteado com aquela descoberta. Simone também estava perplexa. Marcela cochilava nos meus braços. Não sabíamos o que fazer. A saia arregaçada deixava ver seus pelos entre as fitas vermelhas no alto das coxas esguias. Aquela nudez silenciosa, inerte, nos transmitia uma espécie de êxtase: um sopro poderia nos transformar em luz. Não nos mexíamos, desejando que aquela inércia se prolongasse e que Marcela realmente adormecesse.

Um deslumbramento interior me esgotava e não sei o que teria acontecido se, de repente, Simone não se tivesse movido ligeiramente; abriu as coxas, abriu-as tanto quanto podia e me disse, em voz baixa, que não conseguia mais se conter; inundou o vestido, com um estremecimento; no mesmo instante, a porra jorrou nas minhas calças.

Deitei-me então na grama, o crânio apoiado numa pedra lisa e os olhos abertos sobre a Via Láctea, estranho rombo de esperma astral e de urina celeste cavado na caixa craniana das constelações; aquela fenda aberta no topo do céu, aparentemente formada por vapores de amoníaco brilhando na imensidão — no espaço vazio onde se dilaceram como um grito de galo em pleno silêncio —, refletia no infinito as imagens simétricas de um ovo, de um olho furado ou do meu crânio deslumbrado, aderido à pedra. Repugnante, o absurdo grito do galo coincidia com a minha vida: quer dizer, nesse momento eu era o Cardeal, devido à fenda, à cor vermelha, aos gritos dissonantes que ele provocara dentro do armário e, também, porque os galos são degolados...

Para os outros, o universo parece honesto. Parece honesto para as pessoas de bem porque elas têm os olhos castrados. É por isso que temem a obscenidade. Não sentem nenhuma angústia ao ouvir o grito do galo ou ao descobrirem o céu estrelado. Em geral, apreciam os "prazeres da carne", na condição de que sejam insossos.

Mas, desde então, não havia mais dúvidas: eu não gostava daquilo a que se chama "os prazeres da carne", justamente por serem insossos. Gostava de tudo o que era tido por "sujo". Não ficava satisfeito, muito pelo contrário, com a devassidão habitual, porque ela só contamina a devassidão e, afinal de contas, deixa intacta uma essência elevada e perfeitamente pura. A devassidão que eu conheço não suja apenas o meu corpo e os meus pensamentos, mas tudo o que imagino em sua presença e, sobretudo, o universo estrelado...

Associo a lua ao sangue das mães, às menstruações de odor repugnante.

Amei Marcela sem chorar por ela. Se morreu, foi por minha culpa. Se tenho pesadelos, se às vezes me tranco, horas a fio, numa adega porque penso em Marcela, ainda assim estou sempre disposto a recomeçar, por exemplo, mergulhando seus cabelos, de cabeça para baixo, na privada dos banheiros. Mas ela está morta e eu vivo limitado aos acontecimentos que me aproximam dela, nos momentos em que menos espero. Fora disso, não me é possível perceber nenhuma relação entre a morta e mim, o que transforma a maioria dos meus dias num tédio inevitável.

Vou me limitar agora ao relato do enforcamento de Marcela: ela reconheceu o armário normando e bateu os dentes de pavor. Compreendeu então, ao olhar-me, que eu era o Cardeal. Tendo desatado a berrar, não houve meio de acalmá-la senão deixando-a sozinha. Quando voltamos ao quarto, ela se havia enforcado dentro do armário.

Cortei a corda, ela estava bem morta. Nós a colocamos em cima do tapete. Simone me viu de pau duro e me bateu uma punheta; deitamos no chão e eu a fodi ao lado do cadáver. Simone era virgem e aquilo nos machucou, mas estávamos contentes justamente por nos machucar. Quando Simone se levantou e olhou para o corpo, Marcela já era uma estranha, e até Simone o era para mim. Não amava Simone nem Marcela, e se me tivessem dito que eu mesmo acabara de morrer, não teria ficado surpreso. Aqueles acontecimentos me eram vedados. Olhei para Simone, e o que me agradou, lembro-me claramente, foi que ela começou a se comportar mal. O cadáver excitou-a. Não podia suportar que aquele ser, com forma igual à sua, já não a sentisse mais. Os olhos abertos, sobretudo, deixavam-na crispada. Ela inundou aquele rosto calmo, parecia surpreendente que os olhos não fechassem. Nós três estávamos calmos, era o mais angustiante. Toda representação do tédio está associada, para mim, a esse momento e ao cômico obstáculo que é a morte. Isso não me impede de pensar nela sem revolta e até mesmo com um sentimento de cumplicidade. No fundo, a ausência de exaltação tornara as coisas absurdas; morta, Marcela estava menos afastada de mim do que viva, na medida em que, como creio, o ser absurdo possui todos os direitos.

Que Simone tenha mijado em cima dela por tédio, por excitação, mostra até que ponto estávamos fechados à compreensão da morte. Simone estava furiosa, angustiada, mas não demonstrava respeito por nada. Marcela pertencia-nos a tal ponto, em nosso isolamento, que não a víamos como uma morta qualquer. Os impulsos antagônicos que se apossaram de nós naquele dia se neutralizavam, deixando-nos cegos. Afastavam-nos para longe, para um mundo em que os gestos não têm alcance, como vozes num espaço que não é sonoro.

Animais obscenos

Para evitar o aborrecimento de um inquérito policial, decidimos fugir para a Espanha. Simone contava com a ajuda de um inglês milionário que tinha proposto raptá-la e sustentá-la.

Saímos da casa de campo à noite. Era fácil roubar um barco e atracar num ponto deserto da costa espanhola.

Simone me deixou num bosque para ir a San Sebastián. Voltou ao cair da noite, dirigindo um belo automóvel.

Contou que iríamos encontrar Sir Edmond em Madri e que, durante o dia inteiro, ele fizera perguntas acerca da morte de Marcela, indagando os mínimos detalhes, obrigando-a inclusive a desenhar planos e esboços. Por fim, mandou um criado comprar um manequim com peruca loira. Simone teve que mijar sobre o rosto do manequim, estendido no chão e de olhos abertos como Marcela. Sir Edmond não tocara na moça.

Depois do suicídio de Marcela, Simone mudou profundamente. Com os olhos fixados no vazio, era como se estivesse num outro mundo. Tudo parecia aborrecê-la. Não estava presa a esta vida a não ser pelos orgasmos, raros porém muito mais violentos que antes. Entre estes e os gozos habituais havia uma diferença semelhante à que se encontra, por exemplo, entre o riso dos selvagens e o dos civilizados.

Simone começava a lançar um olhar enfadado sobre qualquer cena lasciva e triste...

Um dia, Sir Edmond mandou jogar e trancar num chiqueiro baixo, estreito e sem janelas uma pequena e deliciosa putinha de Madri; em roupas de baixo, ela caiu no charco de esterco, sob a barriga das porcas. Simone quis que eu a fodesse demoradamente na lama, diante da porta, enquanto Sir Edmond se masturbava.

A jovem escapou de mim, em transe, agarrou a própria bunda com as duas mãos e golpeou a cabeça, violentamente contorcida, contra o chão; permaneceu assim alguns segundos, sem respirar, usou toda a força das mãos para abrir o cu com as unhas, rasgou-se de um só golpe e desatou a espernear como uma ave degolada, machucando-se com um barulho terrível contra as ferragens da porta. Sir Edmond ofereceu o pulso para que ela o mordesse. As longas contrações do espasmo continuaram a desfigurá-la, o rosto sujo de saliva e sangue.

Depois desses acessos, Simone vinha sempre aninhar-se nos meus braços; com o cu nas minhas manzorras, ela ficava imóvel, sem falar, como uma criança, mas sombria.

Porém, a esses entreatos obscenos, que a inventiva de Sir Edmond nos proporcionava, Simone continuava a preferir as touradas. Três momentos da corrida a fascinavam: o primeiro, quando o animal dispara feito um meteoro do touril, como uma grande ratazana; o segundo, quando ele enterra seus chifres, até o crânio, no flanco de uma égua; e o terceiro, quando a absurda égua galopa arena afora, escoiceando de propósito e deixando cair, por entre as pernas, uma massa de entranhas de cores abjetas, branco, rosa e cinza-carmim. Quando a bexiga rebentava, lançando de chofre uma poça de urina de cavalo sobre a areia, as narinas de Simone fremiam.

Do começo ao fim da corrida, ela permanecia angustiada, com o pavor — que no fundo manifestava um insuperável desejo — de assistir a algum desses monstruosos golpes de chifres que o touro, num galope incessante e colérico, desfecha às cegas no vazio dos tecidos coloridos, projetando o toureiro no ar. Aliás, é preciso dizer que, quando o temível animal passa e torna a passar pela capa, sem descanso e sem trégua, a um dedo do corpo do toureiro, experimenta-se um sentimento de projeção total e repetida, característico do jogo físico do amor. A proximidade da morte é sentida da mesma forma. Essa sucessão de passes felizes é rara e desencadeia na multidão um verdadeiro delírio; tamanha é a tensão dos músculos das pernas e do baixo-ventre que, nesses momentos patéticos, as mulheres gozam.

A propósito das touradas, Sir Edmond contou um dia a Simone que, ainda havia pouco tempo, era costume entre os espanhóis viris, por vezes toureiros amadores, que pedissem ao porteiro da arena os colhões grelhados do primeiro touro. Mandavam servi-los em seus lugares, isto é, na primeira fila, e os comiam vendo morrer o touro seguinte. Simone demonstrou o mais vivo interesse por essa história e, como no domingo seguinte íamos assistir à primeira grande corrida do ano, pediu a Sir Edmond os colhões do primeiro touro. Porém, fazia uma exigência, queria-os crus.

— Mas o que é que você vai fazer com colhões crus? — perguntou Sir Edmond. — Não vai comê-los crus, vai?
— Quero-os na minha frente, num prato — disse ela.

O olho de Granero

No dia 7 de maio de 1922, La Rosa, Lalanda e Granero deviam tourear nas arenas de Madri. Estando Belmonte no México, Lalanda e Granero eram os grandes matadores espanhóis. Em geral, Granero era considerado o melhor. Aos vinte anos, belo, alto, com uma desenvoltura infantil, já era popular. Simone interessou-se por ele; quando Sir Edmond a informou de que o famoso matador jantaria conosco na noite da corrida, ela sentiu uma verdadeira alegria.

Granero distinguia-se dos outros matadores pelo fato de não ter, de forma alguma, a aparência de um carniceiro, mas antes a de um príncipe encantado, muito viril, perfeitamente esbelto. A roupa de matador, nesse aspecto, acentua uma linha reta, ereta e rígida como um jato, cada vez que um touro se lança ao longo do corpo (a roupa molda precisamente o cu). A capa de um vermelho vivo, a espada brilhando ao sol, diante do touro agonizante cujo pelo continua fumegando, deixando escorrer sangue e suor, completam a metamorfose e realçam o aspecto fascinante do jogo. Tudo acontece sob o céu tórrido da Espanha, de modo algum colorido e duro como se imagina, mas ensolarado e de uma luminosidade ofuscante — mole e turva —, por vezes irreal, pois o brilho da luz e a intensidade do calor evocam a liberdade dos sentidos, mais exatamente a umidade mole da carne.

Associo essa irrealidade úmida da luz solar à tourada do dia 7 de maio. Os únicos objetos que conservei cuidadosamente foram um leque amarelo e azul e um folheto popular consagrado à morte de Granero. Por ocasião de um embarque, a mala que guardava essas lembranças caiu no mar (um árabe retirou-a com uma vara): estão em péssimo estado, mas, apesar de sujas e deformadas, ainda se prendem ao solo, ao lugar e à data, o que para mim nada mais é do que uma visão da deliquescência.

O primeiro touro, cujos colhões Simone aguardava, era um monstro negro que irrompeu do touril de forma tão devastadora que, apesar dos esforços e da gritaria, estripou três cavalos antes de se iniciar a corrida. Numa das vezes, inclusive, atirou ao ar o cavalo e o cavaleiro, como para oferecê-los ao sol; os dois foram ruidosamente jogados para trás dos chifres do animal. No momento certo, Granero avançou: envolvendo o touro em sua capa, brincou com seu furor. Num delírio de ovações, o jovem fez o monstro rodopiar dentro da capa; cada vez que a fera se erguia contra ele, ele evitava, por um dedo, o terrível embate. A morte do monstro solar consumou-se sem incidentes. Começava a ovação infinita enquanto a vítima, com a hesitação de um bêbado, caía de joelhos e finalmente tombava de pernas para o ar, expirando.

Simone, de pé entre Sir Edmond e mim — sua exaltação semelhante à minha —, recusou-se a sentar depois da ovação. Segurou minha mão sem dizer palavra e me conduziu para um pátio fora da arena onde imperava o cheiro de urina. Agarrei Simone pelo cu enquanto ela tirava meu pau para fora, com um tesão colérico. Entramos assim num banheiro fedido, onde moscas minúsculas maculavam um raio de sol. A jovem se despiu e enfiei meu cacete rosado em sua carne gosmenta e cor de sangue; ele penetrou naquela caverna do amor enquanto eu bolinava o ânus raivosamente: ao mesmo tempo, as revoltas de nossas bocas se misturavam.

O orgasmo do touro não é mais violento do que aquele que nos rasgou mutuamente, quebrando nossos lombos, sem que o meu membro recuasse na vulva arrombada e afogada em porra.

As batidas do coração em nossos peitos — ardentes e ávidos de nudez — não sossegavam. Simone, com o cu ainda satisfeito, e eu, de pau duro, voltamos para a primeira fila. Mas, no assento destinado à minha amiga, encontravam-se, sobre um prato, dois colhões nus; aquelas glândulas, do tamanho e da forma de um ovo, eram de uma brancura carminada, salpicada de sangue, análoga à do globo ocular.

— Aí estão os colhões crus — disse Sir Edmond a Simone com um leve sotaque inglês.

Simone ajoelhara-se sobre o prato, que lhe produzia um embaraço sem precedentes. Sabendo o que queria, mas não sabendo como fazer, parecia exasperada. Segurei o prato, desejando que ela se sentasse. Ela o tirou de minhas mãos e o recolocou sobre a laje.

Sir Edmond e eu receávamos chamar a atenção. A tourada se arrastava. Debruçando-me no ouvido de Simone, perguntei o que ela queria:

— Idiota — respondeu —, quero me sentar nua em cima do prato.

— Impossível — disse —, sente-se logo.

Tirei o prato do lugar e forcei-a a se sentar. Encarei-a. Queria que ela visse que eu tinha entendido (pensava no prato de leite). Daí para a frente, não pudemos mais nos conter. O mal-estar se tornou tão intenso que contagiou até a calma de Sir Edmond. A tourada estava ruim: os matadores inquietos enfrentavam animais sem fibra. Simone tinha escolhido lugares ao sol; estávamos presos num nevoeiro de luz e de calor úmido que nos ressecava os lábios.

Não havia jeito de Simone levantar o vestido e colocar o cu sobre os colhões; ela continuava com o prato nas mãos. Quis fodê-la de novo, antes que Granero voltasse. Mas ela recusou; a carnificina dos cavalos, seguida, como ela dizia, das "perdas e danos", isto é, de uma cachoeira de entranhas, deixava-a extasiada (nessa época, ainda não havia a couraça que protege a barriga dos cavalos).

Com o passar do tempo, a radiação solar nos absorveu numa irrealidade paralela ao nosso mal-estar, ao nosso desejo impotente de explodir, de estar nus. Com o rosto contorcido sob o efeito do sol, da sede e da exasperação dos sentidos, partilhávamos entre nós aquela deliquescência morosa na qual os elementos se desagregam. Granero voltou, mas não mudou nada. Com um touro desconfiado, o jogo continuava a se arrastar.

Aquilo que se seguiu aconteceu sem transição e, aparentemente, sem qualquer conexão, o que não significa que as coisas não estivessem ligadas — mas eu as acompanhei como um ausente. Em poucos instantes, estarrecido, vi Simone morder um dos colhões, Granero avançar e apresentar ao touro a capa vermelha; depois Simone, com o sangue subindo à cabeça, num momento de densa obscenidade, desnudar a vulva onde entrou o outro colhão; Granero foi derrubado e acuado contra a cerca, na qual os chifres do touro desfecharam três golpes: um dos chifres atravessou-lhe o olho direito e a cabeça. O clamor aterrorizado da arena coincidiu com o espasmo de Simone. Tendo-se erguido da laje de pedra, cambaleou e caiu, o sol a cegava, ela sangrava pelo nariz. Alguns homens se precipitaram e agarraram Granero.

A multidão que abarrotava a arena estava toda de pé. O olho direito do cadáver, dependurado.

Sob o sol de Sevilha

Dois globos de igual tamanho e consistência tinham-se animado com movimentos contrários e simultâneos. Um testículo branco de touro havia penetrado na carne "rosa e preta" de Simone; um olho havia saído da cabeça do jovem toureiro. Essa coincidência, associada ao mesmo tempo à morte e a uma espécie de liquefação urinária do céu, me devolveu, por um átimo, Marcela. Nesse instante fugidio, imaginei tocá-la.

O tédio habitual voltou. Simone, de mau humor, recusou-se a permanecer mais um dia em Madri. Fazia questão de ir para Sevilha, conhecida como cidade do prazer.

Sir Edmond desejava satisfazer os caprichos de sua "angélica amiga". No sul, encontramos um calor ainda mais deliquescente que em Madri. Um excesso de flores nas ruas completava a exaustão dos sentidos.

Simone seguia nua, sob um vestido leve, branco, deixando entrever a cinta através da seda, e até mesmo, em certas posições, os pentelhos. Tudo naquela cidade concorria para fazer dela uma ardente delícia. Não raro eu via, conforme ela andava pelas ruas, um cacete erguer-se dentro das calças.

Não deixávamos, quase nunca, de fazer amor. Evitávamos o orgasmo e visitávamos a cidade. Saíamos de um lugar propício para ir à procura de outro: uma sala de museu, a alameda de um jardim, a sombra de uma igreja ou, à noite, uma rua deserta. Eu abria o corpo da minha amiga e cravava o cacete em sua vulva. Arrancava rapidamente o membro do estábulo e continuávamos nossa caminhada ao acaso. Sir Edmond nos seguia de longe e nos surpreendia. Então ficava ruborizado, sem se aproximar. Se ele se masturbava, fazia-o discretamente, à distância.

— Vejam que interessante — disse-nos um dia, apontando para uma igreja —, essa é a igreja de Don Juan.

— E daí? — perguntou Simone.

— Você não quer entrar sozinha na igreja? — propôs Sir Edmond.

— Que ideia!

Fosse a ideia absurda ou não, o fato é que Simone entrou e nós a esperamos diante da porta.

Quando voltou, ficamos estupefatos: ela ria às gargalhadas, mal conseguindo falar. Levado pelo contágio e com a ajuda do sol, desatei igualmente a rir e, por fim, Sir Edmond também.

— *Bloody girl!* — exclamou o inglês. — Não vai explicar nada? Estamos rindo em cima do túmulo de Don Juan?

E, rindo cada vez mais, mostrou, aos nossos pés, uma grande placa de cobre; ela cobria o túmulo do fundador da igreja, que se dizia ter sido Don Juan. Arrependido, ele pedira para ser enterrado sob a porta de entrada, para ser pisado pelos seres mais vis.

Nossas gargalhadas insanas recomeçaram. Simone, de tanto rir, mijou ao longo das pernas: um fio de urina escorreu pela placa.

O incidente teve um outro efeito: molhado, o tecido do vestido aderira ao corpo, ficando transparente: a vulva negra tornou-se visível.

Por fim, Simone acalmou-se.

— Vou lá dentro me secar — disse ela.

Nós nos encontramos numa sala onde não se via nada que pudesse justificar o riso de Simone; relativamente fresca, a sala recebia alguma luz através de suas cortinas de cretone vermelho. O teto era de madeira entalhada, as paredes, brancas, mas ornadas com estátuas e imagens; um altar e seu vértice dourados ocupavam a parede do fundo até as vigas do teto. Aquele móvel feérico, que parecia carregado de tesouros da Índia por causa dos ornamentos, das volutas e dos entrançados, evocava, com suas sombras e o ouro resplandecente, os segredos perfumados de um corpo. À direita e à esquerda da porta, dois quadros célebres de Valdés Leal representavam cadáveres em decomposição: pela órbita ocular de um bispo penetrava um enorme rato...

O conjunto sensual e suntuoso, os jogos de sombra e a luz vermelha das cortinas, o frescor e o cheiro dos louros-rosas e, ao mesmo tempo, o despudor de Simone me excitavam à loucura.

Vi, calçados de seda, os dois pés de uma penitente que saía do confessionário.

— Quero vê-los passar — disse Simone.

Sentou-se na minha frente, perto do confessionário.

Quis colocar meu pau em sua mão, mas ela recusou, ameaçando me bater uma punheta até eu esporrar.

Tive de me sentar; vi seus pentelhos sob a seda molhada.

— Você vai ver — disse ela.

Depois de uma longa espera, uma mulher muito bonita saiu do confessionário, de mãos juntas, o rosto pálido, extasiado: com a cabeça inclinada para trás, as córneas brancas, ela atravessou lentamente a sala, como um fantasma de ópera. Cerrei os dentes para não rir. Nesse instante, a porta do confessionário abriu-se.

Saiu um padre loiro, ainda jovem e extremamente belo, com as faces magras e os olhos pálidos de um santo. Permanecia com as mãos cruzadas sobre o parapeito do armário, o olhar fixo em direção a um ponto no teto: como se uma visão celeste fosse arrancá-lo do solo.

Com certeza teria desaparecido, caso Simone não o tivesse interpelado, para meu assombro. Ela saudou o visionário e pediu a confissão...

Impassível e vagando em seu próprio êxtase, o padre indicou o lugar da penitente: um genuflexório por trás de uma cortina; em seguida, entrando no armário sem dizer uma palavra, fechou a porta.

A confissão de Simone e a missa de Sir Edmond

Não é difícil imaginar o meu espanto. Simone, atrás da cortina, ajoelhou-se. Enquanto ela cochichava, eu aguardava com impaciência os efeitos dessa travessura. O ser sórdido, cismava eu, pularia para fora de sua caixa, precipitando-se sobre a sacrílega. Nada de semelhante aconteceu. Simone falava baixinho, sem parar, diante da janelinha gradeada.

Troquei com Sir Edmond alguns olhares carregados de interrogações, quando, por fim, as coisas se esclareceram. Pouco a pouco, Simone foi acariciando a coxa, afastando as pernas. Agitava-se, mantendo apenas um joelho no estrado. Levantou completamente o vestido enquanto prosseguia com suas confissões. Parecia que ela se masturbava.

Avancei na ponta dos pés.

Simone realmente se masturbava, colada contra as grades, o corpo tenso, as coxas afastadas, os dedos remexendo os pentelhos. Consegui tocá-la, minha mão alcançou o buraco entre as nádegas. Nesse momento, ouvi-a claramente pronunciar:

— Padre, ainda não disse o pior.
Seguiu-se um silêncio.
— O pior, padre, é que estou me masturbando enquanto falo com o senhor.
Mais alguns segundos, agora de cochichos. Finalmente, quase em voz alta:
— Se não acredita, posso lhe mostrar.
E Simone se levantou, abrindo-se diante do olho da guarita, masturbando-se, em êxtase, com a mão segura e rápida.
— E então, padreco — berrou Simone golpeando violentamente o armário —, o que é que você está fazendo no seu barraco? Batendo punheta também?
Mas o confessionário permanecia mudo.
— Então, eu vou abrir!
Lá dentro, o visionário sentado, de cabeça baixa, enxugava a testa encharcada de suor. A moça apalpou a batina: ele não reagiu. Ela arregaçou a imunda saia preta e tirou para fora um pau comprido, rosado e duro: ele se limitou a inclinar a cabeça para trás, com um trejeito e um zunido entre os dentes. Deixou Simone agir, e esta meteu a verga bestial na boca.
Sir Edmond e eu tínhamos ficado imóveis de espanto. O assombro me paralisava. Eu não sabia o que fazer, quando o enigmático inglês se aproximou. Afastou Simone com delicadeza. Depois, segurou o verme pelo pulso, arrancou-o para fora do buraco e o estendeu nas lajes, a nossos pés: o desprezível sujeito jazia feito morto pelo chão e a baba lhe escorria pela boca. O inglês e eu o transportamos, nos braços, para a sacristia.
De braguilha aberta, pau murcho, o rosto lívido, ele não ofereceu resistência, respirando com dificuldade; nós o jogamos numa poltrona de forma arquitetural.

— *Señores* — proferiu o miserável —, vocês acham que sou um hipócrita!
— Não — disse Sir Edmond, num tom categórico.
Simone perguntou-lhe:
— Como é o seu nome?
— Don Aminado — respondeu.
Simone esbofeteou a carcaça sacerdotal. Com o golpe, a carcaça enrijeceu novamente. Ele foi despido; Simone, de cócoras sobre as roupas jogadas no chão, mijou feito uma cadela. Em seguida, Simone masturbou o padre e o chupou. Eu enrabei Simone.

Sir Edmond contemplava a cena com uma expressão característica do *hard labour*. Inspecionou a sala onde tínhamos nos refugiado. Achou uma pequena chave pendurada num prego.
— De onde é essa chave? — perguntou o inglês a Don Aminado.
Vendo a angústia que contraiu o rosto do padre, ele concluiu ser a chave do santuário.

Passados alguns minutos, o inglês voltou à sala, trazendo consigo um cibório decorado com anjinhos nus como cupidos.

Don Aminado contemplava fixamente aquele recipiente de Deus colocado no chão; o seu belo rosto idiota, contorcido pelas mordidas com que Simone lhe excitava o pau, expressava um desvario absoluto.

O inglês tinha trancado a porta. Vasculhando os armários, encontrou um cálice grande. Pediu-nos que abandonássemos o miserável por uns instantes.
— Você está vendo — disse a Simone — estas hóstias no cibório e agora este cálice onde se coloca o vinho.

— Cheira a porra — disse ela, farejando os pães ázimos.

— Justamente — continuou o inglês —, estas hóstias que você está vendo são o esperma de Cristo transformado em bolinhos. E o vinho, os eclesiásticos dizem que é o sangue. Enganam-nos. Se fosse realmente o sangue, eles beberiam vinho tinto, mas só bebem vinho branco, porque sabem perfeitamente que se trata de urina.

A demonstração era convincente. Simone agarrou o cálice e eu me apoderei do cibório: Don Aminado, na sua poltrona, foi percorrido por um ligeiro tremor.

Simone começou por lhe aplicar uma grande pancada na cabeça, com a base do cálice, que o excitou mas acabou de bestializá-lo. Chupou-o de novo. Ele emitiu gemidos desprezíveis. Ela o levou aos limites da fúria dos sentidos e então:

— Isso não é tudo — disse —, é preciso mijar.

Deu-lhe outra bofetada.

Despiu-se na frente dele e eu a masturbei.

O olhar do inglês estava tão duro, cravado nos olhos do jovem bestializado, que a coisa aconteceu sem dificuldade. Don Aminado encheu ruidosamente de urina o cálice que Simone mantinha sob seu cacete.

— E agora, beba — disse Sir Edmond.

O miserável bebeu num êxtase imundo.

Simone chupou-o de novo; ele urrou tragicamente de prazer. Com um gesto demente, atirou o penico sagrado, que rachou contra a parede. Quatro braços robustos o agarraram, e de pernas abertas, corpo quebrado, berrando como um porco, cuspiu sua porra nas hóstias do cibório que Simone segurava sob ele enquanto o masturbava.

As patas da mosca

Deixamos cair a carcaça. Ela desabou sobre as lajes com estardalhaço. Estávamos movidos por uma evidente determinação, acompanhada de exaltação. O pau do padre murchava. Ele permanecia deitado, os dentes colados ao chão, abatido pela vergonha. Tinha os colhões vazios, e seu crime o desfigurara. Seus gemidos nos chegavam aos ouvidos:
— Miseráveis sacrílegos...
E balbuciou outros queixumes.
Sir Edmond o empurrou com o pé; o monstro estremeceu e gritou de raiva. Era ridículo, e caímos na gargalhada.
— Levante-se! — ordenou Sir Edmond. — Você vai foder a *girl*.
— Miseráveis — ameaçava a voz estrangulada do padre —, a justiça espanhola... a prisão... o garrote...
— Ele esquece que a porra é dele mesmo — observou Sir Edmond.
Um trejeito, um tremor animalesco, foram a resposta, e em seguida:

— ... o garrote... para mim também... mas para vocês... primeiro...

— Idiota! — disse o inglês com escárnio. — Primeiro! Você acha que terá tempo?

O imbecil olhou para Sir Edmond; seu belo rosto expressava uma extrema estupidez. Uma alegria estranha abriu-lhe a boca; cruzou as mãos, lançou para o céu um olhar extasiado. Murmurou então, com a voz fraca, moribunda:

— ... o martírio...

Uma esperança de salvação surgira no miserável: seus olhos pareciam iluminados.

— Antes de mais nada vou lhe contar uma história — disse Sir Edmond. — Você sabe que os condenados à forca ou ao garrote ficam com o pau tão duro, no momento do estrangulamento, que esporram. Portanto, você será martirizado, mas trepando.

Apavorado, o padre se levantou, mas o inglês torceu-lhe um braço e o jogou de novo nas lajes.

Sir Edmond amarrou-lhe os braços atrás das costas. Amordacei-o e prendi suas pernas com meu cinto. Estendido igualmente no chão, o inglês segurou-lhe os braços, comprimindo-os com o torno de suas mãos. Imobilizou-lhe as pernas, envolvendo-as com as suas. Ajoelhado, eu segurava a cabeça entre as minhas coxas.

O inglês disse a Simone:

— Agora, trepe nesse rato de sacristia.

Simone tirou o vestido. Sentou-se na barriga do mártir, com o cu perto do cacete mole.

O inglês prosseguiu, falando por baixo do corpo da vítima:

— Agora aperte a garganta dele, justo no canal atrás do pomo de adão: uma pressão forte e crescente.

Simone apertou: um tremor crispou o corpo imobilizado, e o pau se ergueu. Agarrei-o e o introduzi na carne de Simone. Ela continuava apertando a garganta.

Ébria até o sangue, a jovem remexia, num vaivém violento, o pau duro no interior da sua vulva. Os músculos do padre retesaram-se.

Por fim, ela o apertou com tanto vigor que um violento arrepio fez estremecer o moribundo: ela sentiu a porra inundar sua boceta. Então Simone o largou, derrubada por uma tempestade de prazer.

Simone permanecia sobre as lajes, de barriga para cima, com o esperma do morto escorrendo pelas coxas. Deitei-me para fodê-la também. Estava paralisado. Um excesso de amor e a morte do miserável tinham-me esgotado. Nunca fiquei tão satisfeito. Limitei-me a beijar a boca de Simone.

A moça teve vontade de contemplar a sua obra e me afastou para se levantar. Montou outra vez, de cu pelado, em cima do cadáver pelado. Examinou o rosto, limpou o suor da testa. Uma mosca, zumbindo num raio de sol, voltava incessantemente para pousar no morto. Ela a enxotou, mas, de repente, soltou um gritinho. Tinha acontecido algo estranho: pousada no olho do morto, a mosca se deslocava lentamente sobre o globo vítreo. Segurando a cabeça com as duas mãos, Simone sacudiu-a, tremendo. Eu a vi mergulhada num abismo de pensamentos.

Por mais estranho que possa parecer, nós não estávamos preocupados com o modo como essa história poderia acabar. Se algum intrometido tivesse aparecido, não teríamos deixado tempo para a sua indignação... Não importa. Simone, desperta de seu entorpecimento, levantou-se para se juntar a Sir Edmond, que se encostara a uma parede. Ouvia-se a mosca voar.

— Sir Edmond — disse Simone, colando a face no ombro dele —, você vai fazer o que eu pedir?
— Vou... provavelmente — respondeu o inglês.
Ela me levou até o morto e, ajoelhando-se, levantou as pálpebras e abriu completamente o olho sobre o qual a mosca havia pousado.
— Você está vendo o olho?
— E daí?
— É um ovo — disse ela, com toda a simplicidade.
Insisti, perturbado:
— Aonde você quer chegar?
— Quero me divertir com ele.
— E o que mais?
Levantando-se, ela parecia incendiar-se (estava, então, terrivelmente nua).
— Escute, Sir Edmond, quero que você me dê o olho já, arranque-o.
Sir Edmond não estremeceu, tirou uma tesoura da carteira, ajoelhou-se, recortou as carnes, depois enfiou os dedos na órbita e extraiu o olho, cortando os ligamentos esticados. Colocou o pequeno globo branco na mão de minha amiga.
Ela contemplou a extravagância, visivelmente constrangida, mas sem qualquer hesitação. Acariciando as pernas, fez o olho escorregar por elas. A carícia do olho sobre a pele é de uma doçura extrema... com algo de horrível como o grito do galo!
Simone, entretanto, divertia-se, fazendo o olho escorregar na rachadura da bunda. Deitou-se, levantou as pernas e o cu. Tentou imobilizar o olho contraindo as nádegas, mas ele saltou — como um caroço entre os dedos — e caiu em cima da barriga do morto.

O inglês tinha-me despido.
Joguei-me sobre a moça e sua vulva engoliu meu pau.
Eu a fodi: o inglês fez o olho rolar entre nossos corpos.

— Enfie-o no meu cu — gritou Simone.

Sir Edmond enfiou o olho na fenda e empurrou.

Por fim, Simone se afastou de mim, tirou o olho das mãos de Sir Edmond e o introduziu na boceta. Puxou-me nesse momento para junto dela, beijou o interior de minha boca com tanto ardor que tive um orgasmo: minha porra espirrou nos seus pentelhos.

Levantando-me, afastei as coxas de Simone: ela jazia no chão, de lado; encontrei-me então diante daquilo que — imagino — eu sempre esperara: assim como a guilhotina espera a cabeça que vai decepar. Meus olhos pareciam estacados de tanto horror; vi, na vulva peluda de Simone, o olho azul-pálido de Marcela a me olhar, chorando lágrimas de urina. Rastros de porra no pelo fumegante conferiam a esse espetáculo um aspecto de dolorosa tristeza. Mantive afastadas as coxas de Simone: a urina ardente escorria por baixo do olho, sobre a coxa estendida no chão...

Sir Edmond e eu, disfarçados com barbas pretas, e Simone, usando um ridículo chapéu de seda negra com flores amarelas, deixamos Sevilha num carro alugado. A cada cidade nova em que entrávamos, mudávamos nossos personagens. Atravessamos Ronda vestidos de padres espanhóis, com chapéus de feltro preto aveludado, envolvidos em nossas capas e fumando, virilmente, grossos charutos; Simone, com roupas de seminarista, mais angélica que nunca.

Desaparecemos assim, para sempre, da Andaluzia, lugar de terra e céu amarelos, imenso penico afogado em luz, onde, a cada dia e a cada novo personagem, eu violava uma nova Simone, sobretudo por volta do meio-dia, no chão, ao sol, sob os olhos avermelhados de Sir Edmond.

No quarto dia, o inglês comprou um iate em Gibraltar.

Reminiscências

Certo dia, ao folhear uma revista americana, duas fotografias chamaram minha atenção. A primeira era de uma rua da aldeia perdida de onde provém minha família. A segunda, das ruínas de um castelo vizinho. A essas ruínas, localizadas na montanha, no alto de um penhasco, liga-se um episódio de minha vida. Aos vinte e um anos, eu passava o verão na casa de minha família. Um dia, tive a ideia de visitar essas ruínas à noite. Seguiram-me umas moças castas e minha mãe (eu amava uma dessas moças, ela partilhava o meu amor, mas nunca tínhamos falado disso: ela era extremamente devota e, temendo o chamado de Deus, queria meditar mais um pouco). A noite estava escura. Foi preciso andar uma hora para chegar lá. Subíamos as encostas íngremes, dominadas pelas muralhas do castelo, quando um fantasma branco e luminoso nos barrou a passagem, saindo de uma cavidade dos rochedos. Uma das jovens e minha mãe caíram de costas. As outras berraram. Certo, desde o início, de que se tratava de uma brincadeira, ainda assim fui invadido por um inegável pavor. Avancei em direção ao fantasma, pedindo-lhe aos gritos que acabasse com a farsa, mas com a garganta apertada. A aparição dissipou-se: vi meu irmão mais velho fugir e fiquei sabendo por um amigo que ele nos precedera de bicicleta, envolvendo-se num lençol para nos assustar, sob a luz subitamente desvelada de uma lâmpada de acetileno: o cenário era propício e a encenação, perfeita.

No dia em que folheava a revista, eu acabara de escrever o episódio do lençol. Via o lençol à esquerda, da mesma forma como o fantasma aparecera à esquerda do castelo. As duas imagens se sobrepunham.

Mas eu iria me assustar ainda mais.

Comecei a imaginar, desde então, em todos os seus pormenores, a cena da igreja, em particular o episódio do olho arrancado. Ao tentar esboçar uma relação entre essa cena e a minha vida real, associei-a ao relato de uma célebre tourada, à qual efetivamente assisti — a data e os nomes são exatos, sendo citados diversas vezes por Hemingway em seus livros. De início não encontrei nenhuma aproximação, porém, ao relatar a morte de Granero, acabei ficando confuso. A extração do olho não era uma invenção livre, mas a transposição, para um personagem inventado, de um ferimento preciso que um homem real sofrera diante dos meus olhos (durante o único acidente mortal que vi). Assim, as duas imagens mais fortes que se conservavam na minha memória ressurgiram, sob uma forma irreconhecível, no momento em que eu procurava a maior das obscenidades.

Feita essa segunda aproximação, eu acabava de terminar o relato da tourada: li-o a um médico amigo meu, numa versão diferente da que aparece no livro. Nunca tinha visto testículos de touro sem pele. Imaginava, de início, que fossem de um vermelho vivo, semelhante à cor do membro. Nada me levava a associar, até então, esses testículos com o olho e o ovo. Meu amigo mostrou-me que estava errado. Abrimos um tratado de anatomia, onde verifiquei que os testículos dos animais e dos homens são de forma ovoide e que têm o aspecto e a cor do globo ocular.

Por outro lado, às imagens de minhas obsessões associam-se lembranças de outra natureza.

Nasci de um pai sifilítico (tabético). Ficou cego (já o era ao me conceber), e, quando eu tinha uns dois ou três anos, a mesma doença o tornou paralítico. Em menino, adorava aquele pai. Ora, a paralisia e a cegueira tinham, entre outras, estas consequências: ele não podia, como nós, urinar no banheiro; urinava em sua poltrona, tinha um recipiente para esse fim. Mijava na minha frente, debaixo de um cobertor que ele, sendo cego, não conseguia arrumar. O mais constrangedor, aliás, era o modo como me olhava. Não vendo nada, sua pupila, na noite, perdia-se no alto, sob a pálpebra: esse movimento acontecia geralmente no momento de urinar. Ele tinha uns olhos grandes, muito abertos, num rosto magro, em forma de bico de águia. Normalmente, quando urinava, seus olhos ficavam quase brancos; ganhavam então uma expressão fugidia; tinham por único objeto um mundo que só ele podia ver e cuja visão provocava um riso ausente. Assim, é a imagem desses olhos brancos que eu associo à dos ovos; quando, no decorrer da narrativa, falo do olho ou dos ovos, a urina geralmente aparece.

Percebendo todas essas relações, creio ter descoberto um novo elo que liga o essencial da narrativa (considerada no seu conjunto) ao acontecimento mais grave da minha infância.

Durante a puberdade, a afeição por meu pai se transformou numa repulsa inconsciente. Passei a sofrer menos com os gritos intermináveis que lhe arrancavam as dores alucinantes da tabe (que os médicos consideram uma das doenças mais cruéis). O estado de imundície fétida ao qual o reduziam as suas enfermidades (ele chegava a cagar nas calças) já não me era tão penoso. Qualquer que fosse a questão, eu adotava uma atitude ou opinião contrária à sua.

Uma noite, minha mãe e eu fomos acordados por um discurso que o doente produzia aos urros, no seu quarto: tinha enlouquecido de repente. O médico, chamado por mim, veio imediatamente. Em sua eloquência, meu pai imaginava os acontecimentos mais felizes. Tendo o médico se retirado com minha mãe para o quarto ao lado, o demente berrou com uma voz retumbante:

— DOUTOR, AVISE QUANDO ACABAR DE FODER A MINHA MULHER!

Ele ria. Essa frase, arruinando os efeitos de uma educação severa, provocou-me, numa terrível hilaridade, a constante obrigação, acatada de forma inconsciente, de encontrar seus equivalentes em minha vida e em meus pensamentos. Isso talvez esclareça a "história do olho".

Termino, finalmente, por enumerar as mais agudas de minhas angústias pessoais.

Não podia identificar Marcela à minha mãe. Marcela é a desconhecida de catorze anos, sentada um dia, num bar, à minha frente. Porém...

Algumas semanas após o acesso de loucura de meu pai, minha mãe acabou perdendo igualmente a razão, depois de uma cena odiosa que minha avó fez a ela diante de mim. Passou por um longo período de melancolia. As ideias de danação que a dominaram nessa época me irritavam, ainda mais porque eu era obrigado a exercer contínua vigilância sobre ela. Seu delírio me assustava a tal ponto que, uma noite, retirei da chaminé dois pesados candelabros com suporte de mármore: tinha medo de que ela me atacasse enquanto eu estivesse dormindo. Cheguei a agredi-la, ao perder a paciência, torcendo suas mãos em meu desespero, na tentativa de obrigá-la a raciocinar normalmente.

Um dia minha mãe desapareceu, aproveitando um momento em que eu estava de costas. Nós a procuramos durante muito tempo; meu irmão a encontrou enforcada no sótão, mas a tempo de socorrê-la. Apesar de tudo, ela se recuperou.

Desapareceu uma outra vez: tive de procurá-la incansavelmente ao longo do riacho onde poderia ter-se afogado. Atravessei correndo terrenos pantanosos. Por fim, deparei com ela no caminho: estava molhada até a cintura, sua saia escorrendo água do riacho. Havia saído sozinha da água gelada (estávamos em pleno inverno), pois naquele riacho a água não tinha profundidade suficiente para que ela se afogasse.

De forma geral, não me detenho muito nessas recordações. Passados tantos anos, já perderam o poder de me afetar: o tempo neutralizou-as. Só puderam recobrar vida deformadas, irreconhecíveis e ganhando, no decorrer de sua transformação, um sentido obsceno.

Plano para uma continuação da
História do olho

Após quinze anos de excessos cada vez mais graves, Simone foi parar num campo de torturas. Mas por engano; histórias de suplícios, lágrimas, imbecilidade da desgraça, Simone à beira de uma conversão, induzida por uma mulher esquálida, prolongando os devotos da igreja de Sevilha. Ela tem, nessa altura, trinta e cinco anos. Ainda bonita quando entra no campo, a velhice a atinge progressivamente, deixando marcas irremediáveis. Bela cena entre um carrasco do sexo feminino e a devota: a devota e Simone espancadas até a morte, Simone escapa à tentação. Morre como quem faz amor, porém na pureza (casta) e na imbecilidade da morte: a febre e a agonia a transfiguram. O carrasco a agride, ela permanece indiferente às pancadas, indiferente às palavras da devota, perdida no trabalho de agonia. Não se trata, de forma alguma, de um gozo erótico, é muito mais que isso. Mas sem saída. Também não se trata de masoquismo, e, profundamente, essa exaltação é maior do que tudo o que a imaginação pode representar, ultrapassa tudo. Porém, ela se funda na solidão e na ausência de sentido.

W.-C. Prefácio à *História do olho*

Um ano antes da *História do olho*, eu havia escrito um livro intitulado *W.-C.*: um livrinho, uma literatura um tanto louca. *W.-C.* era tão lúgubre quanto a *História do olho* é juvenil. O manuscrito de *W.-C.* foi queimado, o que não significa uma perda, considerando-se minha atual tristeza: era um grito de horror (horror de mim, não de minha devassidão, mas da cabeça de filósofo em que desde então... Como é triste!). Por outro lado, fico contente com a alegria fulminante do *olho*: nada pode apagá-la. Essa alegria, no limite de uma extravagância ingênua, sempre permanece além da angústia. A angústia revela o seu sentido.

Um desenho de *W.-C.* mostrava um olho: o olho do cadafalso. Solitário, solar, coberto de cílios, ele se abria no buraco da guilhotina. O desenho chamava-se "o eterno retorno", cujo pórtico era a horrível máquina. Vindo do horizonte, o caminho da eternidade passava por lá. Um verso paródico, ouvido num quadro do *Concert Mayol*, me ofereceu a legenda:

— *Deus, como o sangue do corpo é triste no fundo do som.**
História do olho traz uma outra reminiscência de W.-C., que aparece na página de rosto, colocando tudo o que se segue sob o pior dos signos. O nome de Lord Auch faz referência ao hábito de um dos meus amigos: quando irritado, em vez de dizer *"aux chiottes!"* [à latrina], ele abreviava, dizendo *"aux ch"*. Em inglês, Lord significa Deus (nas Escrituras): Lord Auch é Deus se aliviando. A vivacidade da história impede que ela se torne pesada; cada criatura transfigurada por cada lugar: Deus mergulhado nela rejuvenesce o céu.

Ser Deus, nu solar, numa noite chuvosa, no campo: vermelho, divinamente, cagar com a majestade de uma tempestade, o rosto dissimulado, separado do resto, ser IMPOSSÍVEL em lágrimas: quem saberia, antes de mim, o que é a majestade?

O "olho da consciência" e as "tábuas da justiça" encarnando o eterno retorno, existe imagem mais angustiada do remorso?
Dei ao autor de *W.-C.* o pseudônimo de Troppmann.
Eu me masturbei nu, durante a noite, diante do cadáver de minha mãe. (Algumas pessoas duvidaram, ao ler as "Coincidências":** não teriam o caráter ficcional da narrativa? Como o "Prefácio", as "Coincidências" são de uma exatidão literal: muita gente do povoado de R. poderia con-

---

* Em francês, *sang* (sangue) e *son* (som) são praticamente homófonos. (N.T.)
** "Coincidências": variação do capítulo "Reminiscências" da *História do olho*, na versão de 1928. (N.T.)

firmá-las na essência; além disso, alguns dos meus amigos realmente leram *W.-C.*)

O que mais me deprime: ter visto, um grande número de vezes, meu pai cagar. Ele descia de sua cama de cego e paralítico (meu pai reunia, em um só homem, o cego e o paralítico). Era penoso para ele descer da cama (eu o ajudava), sentar-se sobre um vaso, de pijama, vestindo quase sempre um gorro de algodão (ele tinha uma barba grisalha rala, malfeita, um grande nariz de águia e imensos olhos cavados, fixados inteiramente no vazio). Às vezes as "dores fulgurantes" o levavam a gritar como fera, fulminando a perna dobrada que, em vão, ele apertava entre os braços.

Como meu pai me concebeu cego (completamente cego), eu não posso arrancar meus olhos como Édipo.

Como Édipo, decifrei o enigma: ninguém o decifrou mais profundamente que eu.

No dia 6 de novembro de 1915, numa cidade bombardeada, a quatro ou cinco quilômetros das linhas alemãs, meu pai morreu em estado de abandono.

Minha mãe e eu o abandonamos, durante o avanço alemão, em agosto de 1914.

Nós o deixamos com a empregada.

Os alemães ocuparam a cidade, depois a evacuaram. Só então foi possível retornar: minha mãe, incapaz de suportar tal ideia, acabou enlouquecendo. Por volta do final do ano, minha mãe se recuperou: ela não me deixava voltar para N. Raramente recebíamos cartas do meu pai, ele mal dava conta de seu desvario. Quando soubemos de sua morte, minha mãe aceitou ir comigo. Ele morreu poucos dias antes da nossa chegada, perguntando por seus filhos: nós encontramos um caixão vedado no quarto.

* * *

    Quando meu pai ficou louco (um ano antes da guerra), depois de uma noite alucinante, minha mãe me mandou ao correio para despachar um telegrama. Eu me lembro de ter sido tomado por um horrível orgulho no caminho. A desgraça me oprimia, a ironia interior replicava que "tanto horror faz de você um predestinado": alguns meses antes, numa bela manhã de dezembro, eu tinha prevenido meus pais, que estavam fora de si, de que eu não colocaria mais os pés na escola. Nenhum ataque de fúria mudaria minha resolução: eu vivia só, raramente saindo dos limites do campo, evitando o centro onde poderia encontrar amigos.
    Meu pai, um homem sem religião, morreu recusando-se a ver o padre. Na puberdade, eu também não tinha religião (minha mãe era indiferente). Mas fui ver um padre em agosto de 1914 e, até 1920, raramente passei uma semana sem confessar meus pecados! Em 1920, mudei de novo, deixando de acreditar em qualquer outra coisa que não fosse a minha sorte. Minha devoção nada mais é que uma tentativa de fuga: queria escapar do destino a qualquer preço, eu abandonei meu pai. Hoje, sei que sou definitivamente "cego", sou um homem "abandonado" sobre o globo como meu pai em R. Ninguém, na face da terra ou no céu, se preocupou com a angústia do meu pai agonizante. No entanto, creio que ele a encarou, como sempre. Que "horrível orgulho", por instantes, no sorriso cego de papai!

Olho

Guloseima canibal. Sabemos que o homem civilizado se caracteriza pela acuidade de horrores muitas vezes inexplicáveis. O temor dos insetos é, sem dúvida, um dos mais singulares e mais desenvolvidos dentre eles, entre os quais nos surpreende que se acrescente o horror ao olho. Com efeito, a respeito do olho parece impossível pronunciar outra palavra que não seja sedução, pois nada é tão atraente quanto ele no corpo dos animais e dos homens. Porém, a sedução extrema está provavelmente no limite do horror.

Nesse sentido, o olho poderia ser aproximado do corte, cujo aspecto provoca igualmente reações agudas e contraditórias: é isso que decerto provaram, de forma terrível e obscura, os autores de *O cão andaluz* quando, nas primeiras imagens do filme, determinaram os amores sangrentos desses dois seres.* Uma lâmina que corta a sangue-frio o fascinante olho de uma mulher jovem e bela será justamente

---

* Devemos esse filme extraordinário a dois jovens catalães, o pintor Salva-

o objeto da admiração insana de um rapaz que, observado por um gatinho deitado e tendo por acaso uma colher de café na mão, tem um desejo súbito de apanhar o olho com ela.

Singular desejo, evidentemente, da parte de um branco para quem os olhos dos bois, dos cordeiros e dos porcos que ele come sempre foram postos de lado. Pois o olho, *guloseima canibal*, segundo a maravilhosa expressão de Stevenson, produz uma tal inquietação que não conseguimos mordê-lo. O olho chega a ocupar uma posição extremamente elevada no horror por ser, entre outros, o *olho da consciência*. É bastante conhecido o poema de Victor Hugo, o olho obsessivo e lúgubre, olho vivo e pavorosamente imaginado por Grandville durante um pesadelo ocorrido um pouco antes de sua morte:* o criminoso "sonha que acaba

---

dor Dalí, do qual reproduzimos alguns quadros característicos, e o diretor Luis Buñuel. Nós remetemos às excelentes fotografias publicadas em *Cahiers d'Art* (julho de 1929, p. 230), *Bifur* (agosto de 1929, p. 105) e *Varietés* (julho de 1929, p. 209). Esse filme distingue-se das banais produções de vanguarda, com as quais seríamos tentados a confundi-lo, por haver nele uma predominância do argumento. É verdade que alguns fatos muito explícitos se sucedem sem sequência lógica, mas penetrando com tal intensidade no horror que os espectadores são arrebatados de forma tão direta como nos filmes de aventura. Arrebatados e até mesmo sufocados, sem qualquer artifício: acaso sabem esses espectadores até onde irão chegar os autores desse filme ou mesmo seus pares? Se o próprio Buñuel, depois de ter filmado o olho cortado, ficou oito dias doente (por outro lado, teve de filmar a cena dos cadáveres de burros numa atmosfera pestilenta), não se pode esconder a que ponto o horror se torna fascinante, e também que ele é a única brutalidade capaz de romper aquilo que sufoca.

* Leitor do *Magazine Pittoresque*, Victor Hugo pediu emprestada ao admirável sonho escrito *Crime et expiation*, e ao inaudito desenho de Grandville, publicados em 1847 (pp. 211-24), a narrativa da perseguição de um criminoso obstinado por um olho: mas é quase desnecessário observar que só uma obsessão obscura e sinistra, e não uma recordação fria, pode explicar essa relação. Devemos à erudição e ao obséquio de Pierre d'Espézal a indicação

de atingir um homem num bosque sombrio [...] sangue humano foi derramado e, segundo uma expressão que nos brinda o espírito com uma imagem feroz, *fez um carvalho suar*. Com efeito, não se trata de um homem mas de um tronco de árvore... sangrento... que se mexe e se debate... sob a arma assassina. Erguem-se as mãos da vítima, suplicantes, mas inutilmente. O sangue continua a correr". É nessa altura que aparece o olho enorme que se abre num céu negro, perseguindo o criminoso através do espaço, até o fundo dos mares, onde o devora, depois de tomar a forma de um peixe. Inúmeros olhos se multiplicam, enquanto isso, sob as ondas.

Grandville escreve a respeito: "Seriam os mil olhos da multidão atraída pelo espetáculo do suplício prestes a ocorrer?". Mas por que motivo esses olhos absurdos seriam atraídos, como uma nuvem de moscas, por algo que é repugnante? Por que, igualmente, à cabeça de um semanário ilustrado, perfeitamente sádico, que apareceu em Paris de 1907 a 1924, figura regularmente um olho sobre fundo vermelho que antecede espetáculos sangrentos? Por que *O Olho da Polícia*, parecido com o olho da justiça humana no pesadelo de Grandville, no final das contas nada mais é que a expressão de uma cega sede de sangue? Parecido ainda com o olho de Crampon, um condenado à morte que, abordado pelo capelão um momento antes do golpe do cutelo, o repeliu, mas arrancou um olho e o ofereceu como jovial presente, *pois o olho era de vidro*.

---

desse curioso documento, provavelmente uma das mais belas e extravagantes composições de Grandville.

Um olho sem rosto

Eliane Robert Moraes

"Escrevo para apagar meu nome" — a afirmação de Georges Bataille assume um sentido quase programático quando o livro em questão é *História do olho*. Publicada originalmente em 1928, sob o pseudônimo de Lord Auch, a novela que marca a estreia do escritor no mundo das letras expressa, como nenhum outro texto seu, esse desejo de apagamento, já que busca dissimular de forma obstinada os traços que permitem identificar o verdadeiro nome do autor.

Não são poucas, aliás, as referências autobiográficas presentes em *História do olho*. A começar pelo fato de que o livro foi produzido a partir de circunstâncias puramente existenciais. Até 1926, a produção escrita de Bataille se resumia a alguns artigos assinados na qualidade de arquivista da Biblioteca Nacional e a uma única publicação literária: as *Fatrasies*, recriação de poemas medievais em francês moderno, que apareceram então no sexto número da revista *Révolution Surréaliste*. Uma virada significativa nesse quadro ocorreria no decorrer do mesmo ano, quando o aspirante a escritor foi estimulado por seu psicanalista, Adrien Borel, a colocar no papel suas fantasias sexuais e obsessões de infância.

A primeira tentativa resultou no livro *W.-C.*, cujo manuscrito o autor acabou destruindo sob a justificativa de que se tratava de "uma literatura um tanto louca". Ao admitir mais tarde que esse texto sinistro "se opunha violentamente a toda dignidade", Bataille o definiu como "um grito de horror (horror de mim, não de minha devassidão, mas da cabeça de filósofo em que desde então... Como é triste!)". O tratamento heterodoxo de Borel, embora já desse provas de sua eficácia, ainda não permitia ao escritor reconciliar o filósofo e o devasso que abrigava dentro de si.

Bataille estava então prestes a completar trinta anos de idade, vividos em constante estado de crise. Era um homem dividido: de um lado, a vida desregrada, dedicada ao jogo, à bebida e aos bordéis; de outro, as profundas inquietações filosóficas, fomentadas sobretudo por suas leituras dos místicos, além de Nietzsche e Sade. Tal cisão só fazia realçar a solidão de uma angústia que crescia na mesma medida de suas obsessões fúnebres, relacionadas à violência erótica e ao êxtase religioso. Oscilando, como ele mesmo definiu, "entre a depressão e a excitação extrema", passou a frequentar o consultório de Borel a partir de 1926, à procura de uma saída para seus impasses existenciais.

A intervenção do psicanalista foi decisiva. O próprio Bataille confidenciou em entrevista a Madeleine Chapsal, realizada em 1961, pouco antes de morrer: "Fiz uma psicanálise que talvez não tenha sido muito ortodoxa, porque só durou um ano. É um pouco breve, mas afinal me transformou do ser completamente doentio que era em alguém relativamente viável". E ao aludir ao papel libertador do processo analítico, completou: "O primeiro livro que escrevi, só pude escrevê-lo depois da psicanálise, sim, ao sair dela. E julgo poder dizer que só liberto dessa maneira pude começar a escrever".* Com efeito, apesar da brevidade do tratamento, sua repercussão foi tão intensa que, ao longo de toda a vida, o autor enviou sistematicamente os primeiros exemplares de seus livros ao psicanalista, conferindo a ele um lugar de primazia entre os seus interlocutores. Não lhe faltavam razões para tal gesto.

A redação de *História do olho* — empreendida em meados de 1927 — representou para Bataille uma espécie de cura. Prova disso são as páginas finais do livro, que se oferecem, na qualidade de epílogo, como um equivalente textual do fim do tratamento: trata-se de uma autobiografia, que propõe uma interpretação da narrativa, estabelecendo pontos de contato entre o imaginário mobilizado na novela e certas circunstâncias da vida do autor. O sujeito que fala nessas "Reminiscências" — intituladas "Coincidências" na primeira versão da obra — não é mais o narrador e sim uma primeira pessoa que vasculha a infância, povoada de fantasias obscenas e marcada pela figura de um pai cego e paralítico, o que corresponde perfeitamente à biografia de Bataille.

"Percebendo todas essas relações", diz ele em certo momento dessa exegese autobiográfica, "creio ter descoberto um novo elo que liga o essencial da narrativa (considerada no seu conjunto) ao acontecimento mais grave da minha infância." Ao expor tais relações, nas quais se reconhece a mediação do

---

* Madeleine Chapsal, "Georges Bataille", em *Os escritores e a literatura*, Trad. de Serafim Ferreira e Armando Pereira da Silva. Lisboa: Dom Quixote, 1986, p. 200.

trabalho analítico, o escritor toma consciência de que suas reminiscências pessoais "só puderam tomar vida deformadas, irreconhecíveis", ou seja, transformadas em ficção. A eficácia maior do tratamento de Borel foi, sem dúvida, a de deixar a vida repercutir — e transbordar — na literatura, deslocando as obsessões de Bataille para a escrita, derivando suas fantasias para o texto. A criação da *História do olho* marcou o fim de um silêncio e o nascimento de um escritor.

A análise permitiu, portanto, uma descoberta essencial para Bataille: a de que as narrativas, conforme sugere Michel Surya, "se elaboram nas paragens mais próximas da existência. Dessa existência, elas dizem qual é a determinação profunda, ao mesmo tempo que operam um sábio trabalho de descentramento e de metamorfose".* Uma vez vislumbrada a possibilidade "libertadora" de transformar a substância da vida em matéria textual, o autor pôde dar curso livre aos excessos de sua imaginação, realizando no plano simbólico as estranhas exigências que o atormentavam. Essa descoberta — que está na origem da *História do olho* — abriu para Bataille os caminhos de uma escrita sem reservas. Afinal, como ele próprio diria muitos anos mais tarde, "sendo inorgânica, a literatura é irresponsável. Nada pesa sobre ela. Pode dizer tudo".**

Tudo o que diz a *História do olho*, porém, é assinado por Lord Auch, e não por Georges Bataille. E tal foi a importância desse pseudônimo para o escritor que ele nunca reivindicou a autoria do livro, reiterando seu desejo original

---

* Michel Surya, *Georges Bataille, la mort à l'oeuvre*. Paris: Gallimard, 1992, p. 126.
** Georges Bataille, *La Littérature et le Mal*, em *Oeuvres complètes*. Paris: Gallimard, 1979, tomo IX, p. 182.

de anonimato. Até o fim da vida, Bataille jamais consentiu que a novela fosse publicada sob seu nome, o que só veio a acontecer em edições póstumas.

Por certo, não se deve negligenciar as razões profissionais e sociais que obrigavam o autor a recorrer a um pseudônimo. Na condição de funcionário público, trabalhando na Biblioteca Nacional, sua reputação estaria ameaçada caso lhe fosse imputada a paternidade de um livro erótico, editado e vendido clandestinamente. Assim, ao apagar seu nome da novela, ele tentava se precaver contra eventuais acusações de ultraje à moral.

Mas, para além dessas razões, havia outras, não menos importantes. Um texto com tantas chaves autobiográficas também exigia o anonimato, sobretudo pela qualidade das revelações nele contidas. Assumi-las publicamente poderia significar, por exemplo, um rompimento com o irmão que solicitara o sigilo de Georges com relação aos constrangedores eventos da infância descritos nas "Reminiscências": a difícil convivência com o pai tabético que vivia em "estado de imundície fétida", acometido por frequentes "acessos de loucura", as tentativas de suicídio da mãe, que "acabou perdendo igualmente a razão"... Eventos traumáticos, dos quais Bataille afirmou "ter saído desequilibrado para a vida", em carta ao mesmo irmão a quem confidenciaria já na maturidade: "O que aconteceu há quase cinquenta anos ainda me faz tremer e não me surpreende que, um dia, eu não tenha podido encontrar outro meio de sair disso senão me expressando anonimamente".*

O pseudônimo representava, portanto, não só a dissi-

---

* Citado em Marie-Magdeleine Lessana, *De Borel à Blanchot, une joyeuse chance, Georges Bataille*. Paris: Pauvert-Fayard, 2001, p. 53.

mulação da identidade, mas sobretudo uma "saída" para os impasses existenciais do escritor: "sair disso" significava superar os traumas da infância, o que supunha um trabalho complexo de elaboração visando aceitar e também ultrapassar, de alguma forma, a história familiar. Tratava-se, pois, de apagar o nome transmitido pelo pai, sem contudo deixar de reconhecer a sua marca. Para tanto, era preciso criar um outro nome.

O nome Lord Auch — diz Bataille num fragmento de 1943, significativamente intitulado *W.-C.* e apresentado como prefácio à *História do olho* — "faz referência ao hábito de um dos meus amigos: quando irritado, em vez de dizer '*aux chiottes*!' [à latrina], ele abreviava, dizendo '*aux ch*'. Em inglês, Lord significa Deus (nas Escrituras): Lord Auch é Deus se aliviando". A explicação não poderia ser mais clara: o pseudônimo, aludindo à figura suprema do Pai, dramatiza o pai real que "urinava em sua poltrona" e "chegava a cagar nas calças", segundo a descrição do autor. E exatamente por ser capaz de afirmar e ao mesmo tempo negar a herança paterna, tal estratégia determina a perspectiva do livro.

O que ocorre nessa substituição — do pai real à imagem correlata de Deus — é a passagem do caso pessoal de Bataille para um outro plano, impessoal, que excede o particular para abarcar uma circunstância comum à espécie humana. Assim, mais do que aludir a uma contingência individual, a figura imaginária de Lord Auch vem ampliar a experiência vivida pelo escritor, conferindo-lhe uma gravidade universal. É precisamente por realizar tal ampliação que o pseudônimo da *História do olho* pode ser considerado uma máscara, sobretudo se levarmos em conta o significado que o autor atribui a esse artifício.

Para Bataille, as máscaras representam "uma obscura encarnação do caos": são formas "inorgânicas" que se impõem aos rostos, não para ocultá-los, mas para acrescentar-lhes um sentido profundo. Na qualidade de artifícios que se sobrepõem à face humana, com o objetivo de torná-la inumana, essas representações "fazem de cada forma noturna um espelho ameaçador do enigma insolúvel que o ser mortal vislumbra diante de si mesmo". Por essa razão, conclui o escritor, "a máscara comunica a incerteza e a ameaça de mudanças súbitas, imprevisíveis e tão impossíveis de suportar quanto a morte".*

Não é difícil perceber, a partir dessas considerações, as razões mais profundas que podem ter motivado o verdadeiro autor a se valer do nome Lord Auch para assinar o livro. Tudo sugere que não teria sido possível, para ele, expressar o horror dos eventos infantis a partir de uma perspectiva, digamos, realista: era preciso lançar mão de um artifício que acentuasse o caráter fantasmático desse horror, de forma a revelar — Bataille diria: "encarnar" — seus aspectos mais ameaçadores.

Sendo "inorgânica", assim como a literatura, a máscara do pseudônimo veio a fornecer um "espelho" capaz de projetar e multiplicar as terríveis experiências do autor, a ponto de torná-las comuns a toda a humanidade, evidenciando o enigma que funda a condição mortal de cada homem. Sob a máscara trágica de Lord Auch, a *História do olho* se oferece como uma autobiografia sem rosto.

---

* Georges Bataille, "Le Masque", em *Oeuvres complètes*. Paris: Gallimard, 1970, t. II, pp. 403-6.

Escrita em primeira pessoa, a novela de Bataille apresenta as confissões de um jovem narrador que insiste em se manter, ao longo de todo o texto, no plano da maior objetividade. Tudo é dito de forma direta, com uma clareza que raramente cede a enunciados esquivos. Nada há, no desenvolvimento da história, que desvie a leitura dos propósitos centrais da narrativa: trata-se de um relato seco e despojado, que evita rodeios expressivos, subterfúgios psicológicos ou evasivas de qualquer outra ordem. Sob esse aspecto, o livro é rigorosamente realista.

O realismo da narração contrasta, porém, com a irrealidade das cenas narradas. A começar pelos personagens, que vivem num universo à parte, onde tudo — ou quase tudo — acontece segundo os imperativos do desejo. Recém-saídos da infância, o narrador e sua comparsa Simone parecem ainda habitar o mundo perverso e polimorfo das crianças, para quem nada é proibido. Suas brincadeiras sexuais assemelham-se a travessuras infantis, às quais se entregam com uma fúria que não conhece obstáculos. Marcela e os outros adolescentes que se juntam a eles parecem igualmente entregues aos caprichos e extravagâncias que governam as peripécias da dupla, guiadas apenas pelas exigências internas da fantasia. Em suma, como observou Vargas Llosa, os jovens que protagonizam essas cenas "não parecem seres despertos, mas sonâmbulos imersos em uma prisão onírica que lhes dá a ilusão da liberdade".*

Desse mundo soberano, os adultos não participam. Mesmo quando aparecem, estão sempre à margem dos acontecimentos, cujo sentido frequentemente lhes escapa.

---

* Mario Vargas Llosa, "El placer glacial", em Georges Bataille, *Historia del Ojo*, trad. de Antonio Escohotado. Barcelona: Tusquets, 1986, p. 30.

Assim ocorre, por exemplo, com a mãe de Simone, que, ao surpreender a filha quebrando ovos com o cu, ao lado de seu inseparável companheiro, se limita "a assistir à brincadeira sem dizer palavra". Mais tarde, essa mesma mulher "de olhos tristes", "extremamente doce" e de "vida exemplar" testemunha outras travessuras lúbricas dos personagens em absoluto silêncio, desviando o olhar e vagando pela casa como se fosse um fantasma.

Com efeito, a presença dos adultos é muitas vezes marcada por uma certa fantasmagoria, sobretudo porque eles raramente têm direito à palavra. É o que acontece ainda com o pai do narrador, descrito como "o tipo perfeito do general caquético e católico", cuja autoridade, na verdade bem pouco eficaz, se exerce tão somente à distância, sem jamais tomar o primeiro plano da narrativa. Mesmo Sir Edmond, o lorde inglês que desempenha o papel de cúmplice e patrocinador das últimas aventuras dos dois jovens, costuma assistir a tudo de longe, como um voyeur que pouco participa dos acontecimentos. O mundo infantil da *História do olho* é decididamente egoísta e, como tal, fechado em si mesmo.

Vale lembrar que esse mundo não é muito diferente daqueles descritos nos contos de fadas, que colocam em cena personagens oníricos, vivendo em universos igualmente fechados, onde tudo acontece por encantamento. A aproximação torna-se ainda mais pertinente quando recordamos que grande parte da novela se desenrola em cenários também caros aos gêneros feéricos — em especial àqueles contos de fadas às avessas que são as novelas góticas.

Praias desertas, castelos murados, parques solitários, mansões rodeadas de jardins agrestes, florestas agitadas por grandes temporais: as paisagens que abrigam os protagonistas da novela guardam profunda afinidade com a atmosfera lúgubre dos contos de terror. São lugares secretos e quase sempre desabitados que o narrador e Simone visitam na penumbra da noite, em meio aos relâmpagos e às ventanias de furiosas tempestades. A exemplo dos cenários externos, os interiores se revelam igualmente sinistros, como os corredores frios e escuros do asilo onde Marcela é internada, abrindo-se para uma infinidade de quartos, ou ainda a austera sacristia da antiga igreja de Sevilha, que evoca uma sensualidade fúnebre. Tais espaços sombrios contribuem para a irrealidade das cenas, reiterando a dimensão fantasmagórica dessa narrativa glacial.

São essas evidências que levam Vargas Llosa à justa afirmação de que "na *História do olho* a diferença entre fundo e forma é flagrante e determina a soberania do texto".*
A objetividade da narrativa realmente contrasta com o caráter insólito e excessivo das fantasias que vão sendo, uma a uma, relatadas, produzindo uma curiosa dialética entre continente e conteúdo. À palavra, prosaica e racional, se justapõe uma substância fantástica, cuja violência poética coloca em risco qualquer tentativa de lucidez. Reside aí, sem dúvida, a originalidade do texto de Bataille, que consegue ser, ao mesmo tempo, um frio documento de obsessões sexuais e um fabuloso conto de fadas *noir*.

Por certo, esse traço fundamental da novela traduz o trabalho de um imaginário que, dando voz às demandas do desejo, recusa a lógica da contradição para dar lugar às formulações ambivalentes que são próprias das fantasias eróticas. Assim como a narrativa reúne princípios an-

---

* Ibid., p. 26.

tagônicos, esse imaginário também opera a fim de fundir elementos distintos, propondo inesperadas associações entre as ações dos personagens e os fenômenos da natureza, para criar uma metáfora soberana. No centro dessa metáfora está a morte.

A fusão com o cosmos é uma tópica recorrente em *História do olho*, e as passagens em que é tematizada correspondem às mais herméticas da novela, beirando a ausência de sentido. Em contraste com a clareza da narrativa, nesses momentos as palavras se soltam, navegando à deriva para, numa inesperada sintonia entre fundo e forma, expressar a situação vivida pelos personagens.

Quando a dupla de amigos deixa a casa de repouso onde Marcela está internada, viajando de bicicleta em plena madrugada, nus, exaustos e "no desespero de terminar aquela escalada pelo impossível", o narrador associa sua alucinação ao "pesadelo global da sociedade humana, por exemplo, com a terra, a atmosfera e o céu". Nesse estado de "ausência de limites", a morte aparece como a única saída para seu erotismo trágico: "[...] uma vez mortos Simone e eu, o universo da nossa visão pessoal seria substituído por estrelas puras, realizando a frio o que me parecia ser o fim da minha devassidão, uma incandescência geométrica (coincidência, entre outras, da vida e da morte, do ser e do nada) e perfeitamente fulgurante".

Mais tarde, deitado na grama ao lado de sua companheira, com os olhos abertos sobre a Via Láctea, "estranho rombo de esperma astral e de urina celeste cavado na caixa craniana das constelações", o narrador vê a si mesmo refletido no infinito, assim como "as imagens simétricas de um ovo, de um olho furado ou do meu crânio deslumbrado, aderido à pedra". Ao se dar conta dessas correspondências cósmicas, ele intui "a essência elevada e perfeitamente pura" de uma "devassidão que [...] não suja apenas o meu corpo e os meus pensamentos, mas tudo o que imagino em sua presença e, sobretudo, o universo estrelado...".

Revela-se aí um desejo de intimidade com o universo que lança o excesso a seu ponto de fuga. Tudo acontece como se, no limite, as ações dos jovens devassos respondessem a uma exigência superior, anônima, inscrita nas imutáveis leis da natureza. Assim sendo, a insaciabilidade da devassidão teria como consequência lógica a desintegração dos objetos eróticos, incluindo os próprios personagens: "Com o rosto contorcido sob o efeito do sol, da sede e da exasperação dos sentidos, partilhávamos entre nós aquela deliquescência morosa na qual os elementos se desagregam", confidencia um deles na arena de Sevilha. Deliquescência que supõe a passagem do estado sólido para o líquido, produzindo a dissolução dos elementos em jogo — nesse caso, os corpos do narrador e de Simone.

A exemplo do que ocorre com o artifício do pseudônimo, essas cenas também deslocam os protagonistas da novela para um plano impessoal, operando a passagem de suas contingências particulares para uma ordem universal. Nessa passagem, os indivíduos são despojados de qualquer identidade, seja social ou psicológica, em função de uma experiência puramente orgânica, animal, que supõe uma relação íntima e imediata com o mundo. Tal é a "ausência de limites" a que se entrega o narrador da novela, evocando um estado de imanência no cosmos, que, partilhado por todos os seres vivos, só pode se revelar ao homem quando ele esconde seu rosto.

Por isso, se a afirmação de Bataille — "escrevo para

apagar meu nome" — assume um sentido programático quando o livro em questão é *História do olho*, isso não ocorre apenas por conta dos disfarces do autor. O violento processo de despersonalização que é levado a termo ao longo da narrativa envolve todos os planos da novela, determinando desde a construção dos personagens até o foco narrativo para atingir a própria economia do texto.

A dimensão desse propósito pode ser dada pela comparação entre o texto original da novela, de 1928, e a versão corrigida por Bataille — editada com a data de 1940 mas publicada mesmo em 1945. Todas as nuanças e os artifícios de linguagem da primeira versão serão sistematicamente subtraídos na segunda, numa ascese que produz um relato mais objetivo, frio e sobretudo indeterminado. A economia de adjetivos e pronomes também concorre para essa depuração que nivela a narrativa, contaminando igualmente a figura do narrador.

Do confronto entre os dois textos, percebe-se uma clara intenção do autor no sentido de evitar a primeira pessoa do narrador, muitas vezes substituindo seus enunciados por uma voz indefinida, sustentada em terceira pessoa. Disso resulta um certo automatismo das ações do personagem que, progredindo no decorrer da narrativa, tende a descrevê-lo quase como um mecanismo impessoal. Alheios ao espírito, seus atos já não lhe pertencem. Conforme perde em interioridade psicológica, porém, ele ganha em interioridade orgânica: seu "funcionamento" é cada vez menos comandado pela consciência e mais pelo corpo, que, liberto de todas as restrições, se abandona ao regime intensivo da matéria.

Uma vez apagados os traços que distinguem o rosto, restam apenas os órgãos, entregues à convulsão interna da carne, operando num corpo que prescinde da mediação do espírito. É o que se verifica também com o globo ocular: se nas primeiras brincadeiras sexuais entre o narrador e Simone o olho ainda cumpre a função erótica da visão, projetando-se em diferentes objetos, já na terrível orgia final da novela ele se apresenta tão somente como resto material de uma mutilação a serviço do sinistro erotismo da dupla. Na qualidade de mero objeto, ostentando sua condição finita, o órgão passa pela derradeira metamorfose, anunciando a própria desintegração em meio à atmosfera funesta das últimas cenas do livro.

Por tal razão, *História do olho* não pode ser a autobiografia de Bataille, nem mesmo do narrador — é uma autobiografia do olho. Nela, evidencia-se uma concepção impiedosa do sexo, que insiste em afirmar a precariedade da matéria para concluir que toda experiência erótica está fundada em um princípio de dissolução.

"O sentido do erotismo é a fusão, a supressão dos limites", confirma o autor num de seus últimos escritos, reiterando a concepção grave e sombria que traduz a angustiada devassidão dos personagens da novela. À união dos corpos corresponde a violação das identidades: nesse processo, as formas individuais se fundem e se confundem até o ponto de se tornarem indistintas umas das outras, dissolvendo-se na caótica imensidão do cosmos. Ou, como completa Bataille em *O erotismo*, numa passagem que poderia perfeitamente resumir seu primeiro livro: "O sentido último do erotismo é a morte".*

---

* Georges Bataille, *L'Érotisme*, em *Oeuvres complètes*. Paris: Gallimard, 1987, tomo x, pp. 129 e 143. [Ed. bras.: *O erotismo*, trad. de Fernando Scheibe, São Paulo: Autêntica, 2013.]

Nos tempos de Lord Auch*

Michel Leiris

> Entre todas as coisas que podem ser contempladas sob a concavidade dos céus, não se vê nada que mais desperte o espírito humano, que mais arrebate os sentidos, que mais assuste, que provoque entre as criaturas uma admiração ou um terror maior que os monstros, os prodígios e as abominações, nos quais se veem as obras da natureza invertidas, mutiladas ou truncadas.
>
> Pierre Boaistuau, *Histoires prodigieuses* (Paris, 1561), citado por Georges Bataille, "Les Écarts de la nature", em *Documents*, ano II, n. 2, 1930.

Uma praia qualquer, com suas *villas* para famílias em férias e suas violentas tempestades de verão, uma Espanha em que não faltam os estrangeiros e as visitas a igrejas nem as tardes na *plaza de toros*, são esses os cenários sucessivos em que se desenvolve a *História do olho*, ficção que, como as mais notórias daquelas que Sade imaginou, participa tanto

---
* Tradução de Samuel Titan Jr.

do gênero *noir* como do gênero erótico, e ilustra com traços de fogo uma filosofia, explícita em Sade (que confia a várias de suas personagens o afã de expor suas ideias), mas ainda implícita neste primeiro dos livros de Georges Bataille.

Escrita em primeira pessoa, coisa de que a literatura erótica oferece precedentes, essa ficção, além de seu caráter estranhamente idílico e ao mesmo tempo desvairado, apresenta uma singularidade: o suposto "eu" do narrador se duplica abertamente em um "eu" real, pois a ficção é acompanhada de uma exegese autobiográfica, relato de eventos da infância e da juventude que haviam impressionado o autor a ponto de ressurgir, transformados mas retrospectivamente identificáveis, em uma narrativa que inicialmente se julgaria desvinculada deles. Na edição primitiva, datada de 1928, essa segunda parte, indicada como tal e na sequência da "Narrativa", constitui um segundo painel, "Coincidências", vinculando expressamente e sem solução de continuidade a ficção a seus alicerces psicológicos, e contribui para conferir o peso e o teor emocional do vivido a uma história de resto excessiva, como querem as normas do gênero. Porém, nas edições de "Sevilha, 1940" e de "Burgos, 1941", nas quais, sob o nome de "Reminiscências", ela não é mais que um apêndice impresso em caracteres menores, essa exegese — agora situada em plano diferente do da narrativa e dada por mero comentário — parece um tanto podada e mesmo atenuada em alguns pontos, seja porque o autor preferiu apagar levemente as confidências íntimas demais sobre os sentimentos que seu pai e sua mãe inspiravam nele, criança pequena e depois rapaz, seja porque julgou ter falseado certos fatos pelo ponto de vista que adotara, talvez abusivamente, do ângulo do complexo de Édipo. Suprimida nessa última versão — como se Bataille tivesse vindo a estimar falaciosa ou inoportuna a declaração em pauta —, uma passagem dá a entender que esse "relato em parte imaginário" foi composto à maneira de um romance em que o autor deixa seu espírito brincar, à revelia de qualquer visada especulativa ou didática: "Comecei a escrever sem determinação precisa, incitado sobretudo pelo desejo de me esquecer, ao menos provisoriamente, daquilo que eu posso ser ou fazer pessoalmente". De uma versão à outra, o fosso que se abriu entre as duas partes e, com isso, entre o "eu" real e o "eu" do narrador mostra que se exerceu uma autocrítica precisa: ora engajado a fundo na reflexão propriamente filosófica, Bataille parece, por um lado, julgar mais severamente seu ensaio de exegese e, por outro, recusar-se a admitir que sua empresa tenha tido um caráter essencialmente gratuito. Se pensasse diferentemente, qual razão teria, não apenas de encurtar e diminuir tipograficamente a exegese, mas ainda de amputá-la da frase em questão e, no âmbito de sua busca geral por uma redação mais cerrada, de expurgar a ficção de alguns detalhes de escrita ou de invenção que justamente acusavam (por vezes com ironia) sua natureza romanesca? Assim emendada, a obra certamente ganha em rigor, sem nada perder de sua força corrosiva; mas, para quem a leu primeiro em sua forma original, é difícil — por ínfima que seja a diferença global — desligar-se da primeira versão, a mais espontânea e correlativamente a mais provocante.

Sendo um daqueles que a primeira versão perturbou (André Masson, então surrealista, ilustrou-a em estilo menos verista que lírico, como o fez para *A cona de Irene*, publicado pelos mesmos editores), confesso que, salvo poucas exceções, preferiria que ela continuasse sem retoques, e de resto lamento que, na tradução inglesa, o título, *A Tale of Satisfied Desire*, que tem o mérito de indicar, preto no branco, o móvel da história — satisfazer o desejo —, não seja mais iluminado pela palavra "olho", como por um mau-olhado fatal. Tomado assim meu partido, é óbvio que remeterei sempre à versão antiga, que talvez não seja a melhor (sendo certamente a mais descuidada), mas que, para mim, tem algo do ar de uma versão revelada.

Banalidade dos dois cenários ensolarados, um deles todo burguês, o outro idem, uma vez que seu pitoresco não vai além do nível turístico (turismo em grande estilo, está claro, e menos comum do que as viagens à Espanha se tornaram desde então). Esses dois cenários, confortavelmente anódinos, parecem escolhidos para realçar de modo ainda mais equívoco os desvios, enfim sanguinolentos depois de terem sido apenas obscenos ou escatológicos, aos quais se dedicam o narrador e sua amiga, adolescentes cujo frenesi sensual não exclui o desfrute, como a avidez angustiada não exclui uma espécie de desenvoltura divina. A esse casal se somam — personagens também pertencentes às classes bem de vida da sociedade — uma moça bem jovem, menos cúmplice que vítima fascinada — em tal desvario que essa loira, tão suave quanto a outra é veemente, ficará louca e se enforcará —, e um inglês mais velho que, nos episódios francamente sádicos da história, desempenhará em certa medida o papel de mestre de cerimônias. Dois fantoches, dois representantes típicos dos seres aos quais, de hábito, se deve muito respeito, serão cinicamente achincalhados: a mãe da heroína, que esta, encarapitada em uma viga, terá o prazer de banhar em mijo, e depois um padre sevilhano, incluído à força em uma orgia sacrílega, para ser morto em seguida, e cujo olho arrancado será introduzido pela heroína no próprio antro de sua feminilidade, cena que coroa o relato como uma apoteose em que se conjugam três maneiras de excesso: delírio sexual, frenesi blasfemo e furor homicida. No coração de tudo isso, uma história verdadeira, na qual um olho humano serve igualmente de pivô e que Bataille (como diz no primeiro estado da exegese) achou divertido integrar a um relato cujo resto é essencialmente ficção: a morte do admirável *matador* Manuel Granero, atingido no olho por uma chifrada em 7 de maio de 1922, na arena de Madri. A essa *corrida* memorável demais assistira, durante uma estada universitária na capital espanhola, o jovem paleógrafo que logo se tornaria o autor dessas páginas em que, depois de jogos libertinos mas quase inocentes com o leite de um gato e em seguida com ovos, depois do episódio da jovem louca cujo suicídio não a impedirá de continuar virtualmente presente (espécime moderno do romance de castelo mal-assombrado, aqui uma casa de saúde que uma moça de espírito frágil povoa com seus fantasmas e onde se vê um lençol molhado de urina tomar ares fantasmáticos), sobrevém essa enucleação acidental, que precede de perto a atrocidade deliberada que brinca, não mais com o astro no interior pegajoso e amarelo que é um ovo, mas com um globo ocular, ainda sensível alguns minutos antes. Ápice a que chegarão, com seu sócio inglês, esse e essa de quem o narrador dizia ao final: "Não que o pudor nos faltasse, pelo contrário, mas uma espécie de mal-estar nos obrigava a desafiá-lo tão impudicamente quanto possível".

Ovo, olho: sólidos não destituídos de alguma analogia

formal e que, designados no plural por palavras quase idênticas, são vinculados por Bataille — como por sua heroína — a esse sol que, em 1930, no título de sua contribuição a uma homenagem a Picasso (*Documents*, ano II, n. 3), ele qualificará de "podre", notando no corpo de seu texto que o "horrível grito [do galo], particularmente solar, está sempre à beira de um grito de estrangulado" e recordando que o mito de Ícaro faz ver como "o máximo da elevação se confunde na prática com uma queda súbita, de uma violência inaudita", o mesmo sol que, em 1931 — no anúncio de *O ânus solar*, cosmologia exposta em tom ao mesmo tempo profético e cômico —, ele declarará "nauseabundo e róseo como uma bolota de carvalho, esgarçado e urinante como um orifício peniano", ao menos para quem o observe sem temer seu brilho "em pleno verão e com o rosto todo banhado de suor", isto é, nas mesmas condições que os protagonistas de *História do olho*, em que a luz da Espanha, tão intensa que parece liquefeita, toma o lugar da claridade estival de uma estação balneária, de noites rasgadas pelos relâmpagos.

Ovo: cândido produto do granjeiro campônio, luxo das Páscoas da infância e objeto altamente simbólico, associado à geração como às origens do mundo. Para o "eu" da exegese, lembrança do olhar que fazia o pai cego e enfermo quando urinava. Para o narrador e sua amiga, coisa que eles gastarão (comendo-a) e malgastarão com tanto despudor que, logo, a mera visão de um ovo bastará para enrubescê-los, e cujo nome, por acordo tácito, eles deixarão de pronunciar.

Olho: parte do corpo cuja extrema ambiguidade Bataille realçará em setembro de 1929 (no verbete "olho" do dicionário de *Documents*, n. 14). Ao mesmo tempo que é uma figura da consciência moral (o olho da consciência, lugar-comum amplamente explorado) e uma imagem da repressão (não se publicou por muito tempo um periódico consagrado a casos criminosos, sob o título de *O Olho da Polícia*, tendo por exergo um olho que, emblema dessa publicação essencialmente sádica, talvez fosse apenas "a expressão da sede cega de sangue"?), esse órgão é, para os ocidentais, um objeto atraente mas inquietante e, em suas formas animais, tão repulsivo que "não o morderemos jamais". Ora, outros povos têm para com ele uma atitude tão diferente que Robert Louis Stevenson, com sua experiência sobre a vida dos ilhéus dos Mares do Sul, qualifica-o de "guloseima canibal". Constatando que "a sedução extrema é provavelmente contígua ao horror", Bataille observa que, sob esse aspecto, "o olho poderia ser aproximado do cortante, cuja aparência provoca igualmente reações agudas e contraditórias", e acrescenta que isso decerto foi intuído obscuramente por Luis Buñuel e Salvador Dalí, autores então quase desconhecidos de *Um cão andaluz*, esse "filme extraordinário", em que uma das primeiras sequências mostra como uma "navalha corta a seco o olho resplandecente de uma mulher jovem e encantadora". Reproduz-se, ainda, um desenho de Grandville, ilustrando um pesadelo do artista: história de um assassino perseguido até o fundo do mar por um olho transformado em peixe e cujos avatares sucessivamente representados fazem da imagem uma outra "história do olho", na qual, como no romance de Bataille, cabe ao órgão da visão ser o fio condutor. Por fim, relata-se um fait divers tão macabro quanto burlesco: a ponto de ser guilhotinado, o condenado Crampon arranca um dos olhos e o presenteia ao capelão que queria assisti-lo, farsa de muito mau gosto, já que o padre ignorava tratar-se de um olho de vidro.

Nessa época, o tema do olho é tão importante para Bataille que o verbete de dicionário consagrado ao termo compreende dois outros textos redigidos por iniciativa sua: um, filológico, de Robert Desnos, comentando, sob o título "Imagem do olho", algumas expressões correntes em que intervêm ora a palavra, ora a noção de olho, por vezes com um subentendido maroto; o outro, etnográfico, de Marcel Griaule, tratando da crença no mau--olhado, sem contar uma nota final, assinalando que a locução "faire l'oeil", tida por tão familiar, ainda não foi admitida no dicionário da Academia. Se não me engano, foi na mesma época, a época de *História do olho* e de *Documents*, que Bataille, atento às curiosidades provenientes das ciências naturais, começou a se interessar pela questão da glândula pineal, corpúsculo de funções mal definidas que o cérebro humano hospeda. Segundo o *Grand Larousse encyclopédique*, Descartes considerava esse corpúsculo um "centro que recebe e transmite para a alma as impressões exteriores"; mas Bataille — se é que os mais de quarenta anos transcorridos não me fazem deformar suas opiniões — preferia ver nele um embrião do olho, destinado a se voltar para o alto, isto é, para o sol, destino que a evolução não teria levado a cabo, de modo que a glândula pineal seria, em suma, um olho malogrado.

Ovo, olho: a esses dois elementos em colisão acrescentam-se os genitais do touro morto há pouco, espécie de ovos ou olhos róseos que, em seu assento do lado do sol (que ela prefere ao lado da sombra, em geral mais apreciado), a amiga do narrador recebe pelas mãos do outro companheiro, não para comê-los imediatamente, à maneira de certos aficionados de outrora, mas a fim de colocá-los sob seu traseiro nu: "— São colhões crus — disse Sir Edmond a Simone com um leve sotaque inglês". Após morder um dos globos, Simone introduz o segundo no mais íntimo de si mesma, gesto que se consuma no momento preciso em que Granero recebe do "monstro solar" a chifrada que faz saltar seu olho direito, como se os dois eventos se suscitassem mutuamente em virtude de alguma correlação obscura e como se (caso se possa pensá-lo) fosse essa a oferenda que Simone esperava, nova Salomé apaixonada por um sucedâneo de cabeça cortada, mas que só obterá o brinquedo extravagante que ela almeja após o assassinato sórdido de que uma igreja de Sevilha será o palco.

Urina, sangue: líquido cor de sol cujo jato Simone compara a um "disparo visto como uma luz" e que sua jovem amiga loira não deixa de emitir em abundância cada vez que o prazer a convulsiona; licor mais sombrio que derramarão Granero, esse Ícaro, e o padre caolho, esse mártir medíocre. Além do leite (branco demais para não ser profanado), além do esperma a que o narrador compara a Via Láctea, "estranho rombo de esperma astral e de urina celeste cavado na caixa craniana das constelações", não há outras libações possíveis — uma ignóbil, trágica a outra — à força equívoca que trazem em si um herói e sobretudo uma heroína cujo gosto pela "farsa sinistra e cruel" — somado ao modo insolentemente feliz com que, sem jamais atingir um humor plácido, ela chafurda no pior desregramento — aproxima-se daqueles deuses astecas, "trocistas de gosto sinistro, cheios de humor pérfido", aos quais Bataille, em um texto motivado por uma grande exposição de arte pré-colombiana e que ele assinava em sua condição de bibliotecário da Biblioteca Nacional, rendia homenagem no mesmo ano em que publicava a *História do olho* sob o pseudônimo caricato de Lord Auch. "O México", observava ele, após ter descrito o horror dos cultos e a estranheza bufa de certos mitos astecas, "era também uma cidade rica, verdadeira Veneza, com canais e passarelas, templos decorados e sobretudo belíssimos jardins floridos."

Tanto nessa cidade tão louvada por Bataille como na *História do olho* e no verbete "olho" do dicionário de *Documents* — no qual se acham reunidos os elementos que completam a exegese em outro plano —, termos habitualmente concebidos como opostos aparecem em conjunção: o terrível e o risível, o resplandecente e o repulsivo, o pesado e o leve, o venturoso e o nefasto. Coincidência de contrários, uma das linhas de força do pensamento de Bataille e para a qual o narrador de *História do olho* será lançado, vertiginosamente: "[...] sendo a morte a única saída para minha ereção, uma vez mortos Simone e eu, o universo da nossa visão pessoal seria substituído por estrelas puras, realizando a frio o que me parecia ser o fim da minha devassidão, uma incandescência geométrica (coincidência, entre outras, da vida e da morte, do ser e do nada) e perfeitamente fulgurante". Mas tudo isso só se articulará mais tarde, quando Bataille tiver lançado mão da ideia de ambiguidade do sagrado (ou do sagrado de duas faces, direita e esquerda, opostas mas complementares), ideia que encontrou em Marcel Mauss e que será para ele um ativo fermento de especulação, assim como a ideia, também de origem maussiana, da dilapidação como instrumento de soberania — e sobretudo quando, em outro nível que não o da sociologia, ele se imbuirá de ensinamentos de Nietzsche. Por enquanto, filósofo em estado selvagem, ele procede alegremente, mais que a uma tábula rasa imposta por razões de método, a um saque dos imperativos morais e dos caminhos traçados por uma lógica prudente, e parece atulhar no papel todos os motivos sensíveis que servem de suporte ou reflexo de suas obsessões, estoque de temas retomados ulteriormente e refinados ou enriquecidos, mas aqui tão mais comoventes por mal se desgarrarem do caos.

Barafunda espantosa, esse relato rápido em que, rompidos todos os anteparos entre coisas baixas e coisas elevadas, entrelaçam-se o mais imundamente corporal (excrementos, vômitos) e o mais majestosamente cósmico (mar, tempestade, vulcões, sol e lua, noites estreladas), o mais trivial (Simone não parece disposta a tratar certos objetos de aura sagrada, ovos, genitais do touro, olho, *como se sentasse em cima deles*?) e o mais paradoxalmente romântico (a jovem demente cujo cadáver a heroína conspurcará, por senti-lo distante, e cujo olho lacrimejante e esbugalhado, visão de "tristeza desastrosa" e horror extremo, o herói julgará reencontrar em Sevilha, quando o olho eclesiástico, meio deglutido por Simone, lhe parecerá não ser outro que o de Marcela internada, que pedia que ele a salvasse de um mítico cardeal, "padre da guilhotina", ou seja, dele mesmo, tal qual ela o vira no curso da festa tumultuosa durante a qual se desencadeia seu delírio, tão assustador que ela se mata ao descobrir que ele e o cardeal eram uma única pessoa). Humanos ou não, os elementos envolvidos se imbricam em função menos de um simbolismo geral do que de associações pessoais, apresentadas simplesmente como tais pelo narrador (no caso, intervenção direta do autor) e segundo uma curiosa dialética da natureza, que reduziria o universo a um ciclo de termos, cada um dos quais não seria mais que a reverberação de um outro ou sua transposição para um outro registro, universo transformado em dicionário no qual se esvai o sentido das palavras, pois todas se definem umas pelas outras. Afirma-se, no começo de *O ânus solar*, que "o mundo é puramente paródico, isto é, cada coisa que se vê é a paródia de uma outra ou ainda a mesma coisa sob uma forma enganadora". E essa espécie de aterrador Triunfo do Olho — que, tomando lugar diante de um altar de "adereços retorcidos e complicados", que evocam a Índia e incitam ao amor, constitui o último e o mais sufocante dos quadros vivos (ora imaginados, ora realizados pelos protagonistas) que pontuam a *História do olho* — não será a materialização de um tipo de colagem surrealista ou de montagem permitida pela câmera, imagem de carne e osso em que, tão inquietantes como os jogos de palavras sobre os quais repousam os trocadilhos poéticos, interviriam jogos de coisas e, mais ainda, jogos de partes do corpo?

Provavelmente foi necessário que Bataille escrevesse sem "determinação precisa, incitado sobretudo pelo desejo de me esquecer", ou seja, com toda a liberdade (simplesmente deixando-se "sonhar obscenidades"), para que surgisse nele essa combinação fantástica, fruto de algumas das inumeráveis permutações possíveis em um universo tão pouco hierarquizado que tudo nele se torna intercambiável: engastado no íntimo de uma carne feminina, não longe de uma construção barroca cuja exuberância faz pensar em horizontes misteriosos e no ato amoroso, o olho do assassinado, ao qual uma reminiscência terna sobrepõe o da amiga suicida, olho pálido, em que um acréscimo de ordem fisiológica — traços de uma micção voluptuosa — imita as lágrimas e que, na amiga viva, dota de visão aquele ponto cego mas apetitoso que uma metáfora popular assimila a um olho. "Visão lunar", alegoria de amor e de morte, que parece ao narrador uma resposta à sua expectativa boquiaberta daquele inexprimível ao qual só se chega por meio da ruptura e do dilaceramento: "Encontrei-me então diante daquilo que — imagino — eu sempre esperara: assim como a guilhotina espera a cabeça que vai decepar". Frase à qual ele fará eco, dezessete anos mais tarde, em *Sobre Nietzsche*: "Minha fúria de amar se abre para a morte como uma janela se abre para o pátio".

Se o Lord Auch da *História do olho*, poema em forma de romance cujo poder tenaz de enfeitiçar deve muito à constante osmose que se opera entre o "eu" estranhamente lírico (misturando dejetos de abatedouros, azul-celeste e sujeira) e o "eu" friamente autobiográfico (tentando introduzir, graças a alguns pontos de referência, um pouco de ordem nesse apocalipse), se esse Auch, cujo nome é uma maneira abreviada de mandar tudo para aquilo que em linguagem menos baixa se chama de latrina e que, com seu prefixo nobiliárquico, tem um quê de alcunha de dândi, se esse produto do humor negro já dissimula o Georges Bataille que, na sequência, elaborará uma teoria apologética da transgressão, arremetendo contra o muro dos lugares-comuns, retesando todo o seu intelecto para impedir que outros muros ideais venham tolhê-lo, então seria o caso de se dizer que este primeiro livro — culpado em si mesmo, uma vez que editado às escondidas e votado ao inferno das bibliotecas — não tem outro fim que o de transgredir, sacudir e nivelar, como por brincadeira.

Nesse festival do desregramento e do insulto aos ídolos, em que o atentado ao olho — órgão eminentemente solar — culmina com o atentado maior, no qual é um outro "olho da polícia" (uma vez que olho de um homem da Igreja) que sofre, como o segundo testículo do touro, um tratamento tal que o sexo da mulher faz figura de boca canibal, não deixam de surgir observações profundas, mas apenas como lampejos ou como bruscos rasgões no seio de um céu baixo e enevoado que mascarava o infinito. Desse relato, espécie de sonho em vigília que se nutre do improvável sem nenhum apelo ao maravilhoso, que se abre em vários parênteses autenticamente trágicos e que, tão logo chega ao ápice, tende à mascarada de ópera-bufa, como se, para ser completo, o mito devesse degradar-se em um *Orfeu no Inferno* — "no quarto dia, o inglês comprou um iate em Gibraltar e nós nos fizemos ao largo com uma tripulação de negros", tal é a deixa para que se feche a cortina, folhetinesca por seu apelo a um exotismo fácil e pelo modo de insinuar, ao que parece, a possibilidade de um regresso —, desse relato pode-se falar, sem nenhuma ironia, como de uma criação que, ainda não sendo madura, é perfeitamente adolescente, tomando por heróis, e com justiça, esses seres dos quais apenas um é inteiramente adulto.

Seja qual for a chama que os corrói e seja qual for a maldade a que finalmente cheguem seus atos, o fato é que esses heróis, que desafiam tudo o que a abóbada celeste recobre, como se pertencessem a um teatro elisabetano, seguem marcados por uma irredutível molecagem ao longo de tribulações que não há como não situar num período de férias prolongadas, em todos os aspectos tão ilimitadas quanto os devaneios tortuosos da adolescência são capazes de sugerir. Era de liberdade que jamais parece desabrida demais, de diversão no sentido que Bataille dará ao termo quando, em 1930, escreverá que "a diversão é a necessidade mais gritante e, é claro, mais terrificante da natureza humana" (*Documents*, ano II, n. 4, artigo "Les Pieds nickelés", onde se diz que o trio popular cujas proezas ilícitas eram contadas em quadrinhos pela revista infantil *L'Épatant* participa em alguma medida das "figuras ao mesmo tempo sanguinolentas e galhofeiras do Walhalla mexicano"). Era durante a qual os tabus imemoriais são violados sistematicamente por esses jovens deuses ansiosos e turbulentos, o narrador e Simone, e por seu acólito, os três tentando infinitamente ocupar seu ócio absoluto com os gestos aberrantes que exige sua sede inextinguível de se sentir ao mesmo tempo fora de toda lei e fora de si mesmos.

A metáfora do olho[*]

Roland Barthes

Por mais que a *História do olho* comporte algumas personagens dotadas de nome e o relato de seus jogos eróticos, Bataille absolutamente não escreveu a história de Simone, de Marcela ou do narrador (como Sade escreveu a história de Justine ou de Juliette). A *História do olho* é, na verdade, a história de um objeto. Como um objeto pode ter uma história? Certamente, ele pode passar de mão em mão (ensejando ficções insípidas do gênero da *História do meu cachimbo* ou *Memórias de um sofá*), ou ainda passar *de imagem em imagem*; sua história é então a de uma migração, o ciclo dos avatares (no sentido próprio) que ele percorre a partir de seu ser original, seguindo a índole de uma certa imaginação que o deforma sem contudo abandoná-lo: é o caso do livro de Bataille.

O que acontece ao Olho (e não a Marcela, a Simone ou

[*] Publicado originalmente em *Critique*, n. 195-6, ago.-set. 1963, número especial dedicado a Bataille. Tradução de Samuel Titan Jr.

ao narrador) não pode ser assimilado a uma ficção comum; as "aventuras" de um objeto que simplesmente muda de proprietário derivam de uma imaginação romanesca que se contenta em ordenar o real; ao contrário, os seus "avatares", sendo forçosa e absolutamente imaginários (e não mais simplesmente "inventados"), só podem ser a própria imaginação: não seus produtos, mas a sua substância; ao descrever a migração do Olho rumo a outros objetos (e, por conseguinte, rumo a outros usos que não o de "ver"), Bataille não se compromete com o romance, que por definição tira partido de um imaginário parcial, derivado e impuro (todo mesclado de real): ao contrário, ele se move apenas numa essência de imaginário. Será o caso de dar a esse gênero de composição o nome de "poema"? Não há outra coisa a se opor ao romance, e essa oposição é necessária: a imaginação romanesca é "provável", o romance é aquilo que, *feitas as contas*, poderia acontecer, imaginação tímida (mesmo na mais luxuriante de suas criações), uma vez que não ousa declarar-se sem a caução do real; a imaginação poética, ao contrário, é *improvável*, o poema é aquilo que não poderia acontecer, em nenhum caso, salvo justamente na região tenebrosa ou ardente dos fantasmas que, por isso mesmo, ele é o único a poder designar; o romance procede por combinações aleatórias de elementos reais; o poema, pela exploração exata e completa de elementos virtuais.

Pode-se reconhecer nessa oposição — caso tenha fundamento — as duas grandes categorias (operações, objetos ou figuras) que a linguística nos ensinou recentemente a distinguir e a nomear: a disposição e a seleção, o sintagma e o paradigma, a metonímia e a metáfora. Assim, a *História do olho* é essencialmente uma composição metafórica (mas logo se verá que a metonímia intervém na sequência): um termo, o Olho, passa por variações através de um certo número de objetos substitutivos, que mantêm com ele a relação estrita de objetos afins (uma vez que são todos globulares) e, contudo, dessemelhantes (pois são nomeados diversamente); essa dupla propriedade é a condição necessária e suficiente de todo paradigma; os substitutos do Olho são *declinados*, em todos os sentidos do termo: recitados como as formas flexionais de uma mesma palavra; revelados como estados de uma mesma identidade; evitados como proposições que não se sobrepõem umas às outras; estendidos como momentos sucessivos de uma mesma história. Assim, em seu percurso metafórico, o Olho persiste e varia ao mesmo tempo: sua forma capital subsiste através do movimento de uma nomenclatura, como a de um espaço topológico; pois aqui cada flexão é um nome novo, de acepções novas.

O Olho assemelha-se, portanto, à matriz de um percurso de objetos que são como que as diferentes "estações" da metáfora ocular. A primeira variação é a de olho [*oeil*] a ovo [*oeuf*]; uma variação dupla, a um só tempo de forma (as duas palavras têm um som comum e um som diferente) e de conteúdo (ainda que absolutamente distantes, os dois objetos são globulares e brancos). Uma vez dadas como elementos invariantes, a brancura e a rotundidade permitem novas extensões metafóricas: a do prato de leite do gato, que serve ao primeiro jogo erótico de Simone e do narrador; quando se torna carminada (como a de um olho morto e revirado), essa brancura leva a um novo desenvolvimento da metáfora — sancionado pela acepção corrente que dá o nome de ovos aos testículos de animais. Assim se constitui plenamente a esfera metafórica em que se move toda a *História do olho*, do prato de leite do gato à enucleação de Granero e à castração do touro ("aquelas glândulas, do tamanho e da forma de um ovo, eram de uma brancura carminada, salpicada de sangue, análoga à do globo ocular").

Essa é a metáfora primeira do poema. Mas não é a única, dela deriva uma cadeia secundária, constituída por todos os avatares do líquido, cuja imagem é igualmente ligada ao olho, ao ovo e às glândulas, e não é apenas o licor que varia (lágrimas, leite do prato/olho do gato, gema crua do ovo, esperma ou urina), mas, por assim dizer, o modo de aparição do úmido; aqui a metáfora é bem mais rica que com o globular; do *molhado* ao *escoamento*, todas as variedades do *inundar* vêm completar a metáfora original do globo; objetos aparentemente longínquos veem-se aprisionados na cadeia metafórica, como as entranhas do cavalo ferido, jorrando "como uma catarata" à chifrada do touro. Com efeito (pois a força da metáfora é infinita), basta a presença de uma das cadeias metafóricas para fazer comparecer a outra: o que poderia ser mais "seco" que o sol? Mas basta que, no campo meteorológico traçado por Bataille à guisa de arúspice, o sol seja disco e depois globo para que sua luz escoe como um líquido e venha se juntar, através da ideia de uma *luminosidade mole* ou de uma *liquefação urinária do céu*, ao tema do olho, do ovo e da glândula.

Eis então duas séries metafóricas ou, se quisermos, conforme a definição da metáfora, duas cadeias de significantes, pois jamais, em cada uma delas, um termo é outra coisa senão o significante do termo vizinho. Todos esses significantes "escalonados" remetem a um significado estável e tão mais secreto por se achar sepultado sob uma arquitetura de máscaras? Essa é uma questão de psicologia profunda que seria fora de propósito abordar aqui. Note-se apenas isto: se a cadeia tem um início, se a metáfora comporta um termo gerador (e por conseguinte privilegiado), a partir do qual o paradigma se constrói de vizinho a vizinho, deve-se ao menos reconhecer que a *História do olho* não designa absolutamente o sexual como termo primeiro da cadeia: nada autoriza a se dizer que a metáfora parte do genital para chegar a objetos aparentemente assexuados como o ovo, o olho ou o sol; o imaginário que se desenvolve aqui não tem um fantasma sexual como "segredo"; se fosse esse o caso, seria preciso explicar por que o tema erótico nunca é diretamente fálico (trata-se de um "falismo redondo"); mas, sobretudo, o próprio Bataille tornou parcialmente vã qualquer decifração de seu poema, ao referir (no fim do livro) as fontes (biográficas) de sua metáfora; não há outro recurso senão contemplar na *História do olho* uma metáfora perfeitamente esférica: cada um de seus termos é sempre significante de um outro termo (nenhum termo é um simples significado), sem que jamais se possa deter a cadeia; certamente, o Olho, uma vez que esta é sua história, parece predominar — ele, de quem sabemos que era o próprio Pai, cego, o globo esbranquiçado revirando quando ele urinava na frente da criança; mas, nesse caso, é a equivalência do ocular e do genital que está na origem, não algum de seus termos: o paradigma não começa em lugar nenhum. Essa indeterminação da ordem metafórica, geralmente relegada pela psicologia dos arquétipos, não faz mais que reproduzir o caráter desordenado dos campos associativos, afirmado enfaticamente por Saussure: não se pode conferir ascendência a nenhum dos termos de uma declinação. As consequências críticas são importantes: a *História do olho* não é uma obra profunda, tudo se dá na superfície e sem hierarquia, a metáfora se espraia por inteiro; circular e explícita, ela não remete a nenhum segredo, trata-se aqui de uma significação sem significado (ou na qual tudo é significado); e não será nem a menor das suas belezas nem a menor das suas novidades que esse texto componha, por meio da técnica que se procura descrever aqui, uma literatura a céu aberto, situada além de qualquer decifração e que apenas uma crítica formal pode — de muito longe — acompanhar.

Retornemos agora às duas cadeias metafóricas, a do Olho (para dizê-lo simplificadamente) e a das lágrimas. Como reserva de signos virtuais, uma metáfora pura não pode, por si só, constituir um discurso: quando se *recitam* seus termos, isto é, quando se *inserem* seus termos em um relato que os cimenta, sua natureza paradigmática cede lugar em benefício da dimensão de toda fala, que é fatalmente extensão sintagmática;* a *História do olho* é, de fato, um relato cujos episódios são predeterminados pelas diferentes estações da dupla metáfora; o relato não é mais que uma espécie de matéria corrente em que se engasta a preciosa substância metafórica: se estamos em um parque, à noite, é para que um raio de luar venha tornar translúcida a mancha úmida do lençol de Marcela, que flutua à janela de seu quarto; se estamos em Madri, é para que haja uma *corrida*, oferenda dos ovos crus do touro, enucleação do olho de Granero; se em Sevilha, para que o céu exprima aquela luminosidade amarelada e líquida, cuja natureza

---

* Será preciso explicar esses termos provenientes da linguística e que uma certa literatura começa a aclimatar? O sintagma é o plano de encadeamento e de combinação dos signos no nível do discurso real (por exemplo, a linha das palavras); o paradigma é, para cada signo do sintagma, a reserva de signos irmãos — e contudo dessemelhantes — dentre os quais se faz a escolha; de resto, esses termos figuram na última edição do *Petit Larousse*.

metafórica, aliás, já conhecemos pelo resto da cadeia. O relato é uma *forma*, cujas constrições, fecundas como as antigas regras métricas ou trágicas, permitem que se tirem os termos da metáfora de sua virtualidade constitutiva.

Contudo, a *História do olho* é bem diferente de um relato, por temático que fosse. Isso porque, dada a dupla metáfora, Bataille faz intervir uma nova técnica: ele permuta as duas cadeias. Essa troca é possível por natureza, uma vez que não se trata do mesmo paradigma (da mesma metáfora) e que, por conseguinte, as duas cadeias podem estabelecer relações de contiguidade entre si: pode-se emparelhar um termo da primeira a um termo da segunda, o sintagma é *imediatamente* possível, nada se opõe, no plano do bom senso corrente, e tudo até conduz a um discurso que diz que o *olho chora*, que *o ovo quebrado escoa* ou que *a luz (o sol) se espalha*; em um primeiro momento, que é o de todo mundo, os termos da primeira metáfora e os da segunda são de conserva, sabiamente emparelhados segundo estereótipos ancestrais. Nascidos de maneira bastante clássica da conjunção de duas cadeias, esses sintagmas tradicionais comportam evidentemente pouca informação: *quebrar um ovo* ou *furar um olho* são informações globais, que só têm efeito em virtude de seu contexto, e não em virtude de seus componentes: que fazer de um ovo senão quebrá-lo, e que fazer de um olho senão furá-lo?

Mas tudo muda quando se começa a perturbar a correspondência das duas cadeias, quando, ao invés de emparelhar os objetos e os atos conforme as leis tradicionais de parentesco (*quebrar um ovo*, *furar um olho*), desarticula-se a associação, retirando cada um de seus termos de linhas diferentes, em suma, dando-se o direito de *quebrar um olho* e *furar um ovo*; em relação às duas metáforas paralelas (do olho e do choro), o sintagma torna-se cruzado, pois a ligação que ele propõe vai procurar, de uma cadeia à outra, termos não complementares, mas distantes: reencontramos a lei da imagem surrealista, formulada por Reverdy e retomada por Breton (*quanto mais distantes as relações entre duas realidades, mais forte será a imagem*). A imagem de Bataille, porém, é bem mais deliberada; não é uma imagem desvairada, nem mesmo uma imagem livre, pois a coincidência de seus termos não é aleatória, e o sintagma se vê limitado por uma constrição: a da seleção, que obriga a selecionar os termos da imagem em apenas duas séries finitas. Dessa constrição nasce, evidentemente, uma informação muito forte, situada a igual distância do banal e do absurdo, uma vez que o relato é encerrado na esfera metafórica, dentro da qual pode mudar de região (o que lhe confere alento), mas sem transgredir seus limites (o que lhe garante sentido); conforme a lei que estipula que o ser da literatura não pode jamais ser outra coisa senão sua técnica, a insistência e a liberdade desse canto são os produtos de uma arte exata, que soube simultaneamente medir o campo associativo e liberar as contiguidades de termos.

Essa arte não tem nada de gratuito, uma vez que parece confundir-se com o próprio erotismo, ao menos o de Bataille. Decerto, pode-se imaginar para o erotismo outras definições além da linguística (e o próprio Bataille já o mostrou). Mas, se chamarmos de *metonímia* essa translação de sentido operada de uma cadeia à outra, *em níveis diferentes da metáfora* (*olho sugado como um seio, beber meu olho entre seus lábios*), sem dúvida reconheceremos que o erotismo de Bataille é essencialmente metonímico. Como aqui a técnica poética consiste em desfazer as contiguidades costumeiras de objetos e substituí-las por novos encontros, por sua vez limitados pela persistência de um tema único no interior de cada metáfora, produz-se uma espécie de contágio generalizado das qualidades e dos atos: por sua dependência metafórica, o olho, o sol e o ovo participam estreitamente do genital; e, por sua liberdade metonímica, eles trocam infinitamente seu sentido e suas acepções, de modo que quebrar ovos em uma banheira, engolir ou descascar ovos (crus), cortar um olho, enucleá-lo ou desfrutá-lo eroticamente, associar o prato de leite e o sexo, o raio de luz e o jato de urina, morder a glândula do touro como se fosse um ovo ou alojá-la no próprio corpo, todas essas associações são ao mesmo tempo idênticas e diversas; pois a metáfora, que as varia, manifesta entre elas uma diferença regrada, que a metonímia, ao permutá-las, logo se põe a abolir: o mundo torna-se turvo, as propriedades já não são bem divididas; escoar, soluçar, urinar, ejacular formam um sentido estremecido, e toda a *História do olho* significa à maneira de uma vibração que produz sempre o mesmo som (mas qual som?). Assim, à transgressão dos valores, princípio declarado do erotismo, corresponde — se é que esta não funda aquela — uma transgressão técnica das formas da linguagem, pois a metonímia não é outra coisa senão um sintagma forçado, a violação de um limite do espaço significante; ela permite, no próprio nível do discurso, uma contra divisão dos objetos, das acepções, dos sentidos, dos espaços e das propriedades, que é o próprio erotismo: de modo que, na *História do olho*, o que o jogo da metáfora e da metonímia permite definitivamente transgredir é o sexo — o que, entenda-se bem, não significa sublimá-lo, muito ao contrário.

    Resta saber se a retórica que acabamos de descrever permite que se dê conta de todo o erotismo ou se é peculiar a Bataille. Um olhar sobre o erotismo de Sade permite um esboço de resposta. É verdade que o relato de Bataille deve muito ao de Sade, mas isso se dá porque Sade fundou toda a narrativa erótica, na medida em que seu erotismo é de natureza essencialmente sintagmática; dado um certo número de lugares eróticos, Sade deduz todas as figuras (ou conjunções de personagens) que podem mobilizá-los; as unidades primeiras são em número finito, pois nada é mais limitado que o material erótico, mas são suficientemente numerosas para se prestarem a uma combinatória aparentemente infinita (os lugares eróticos combinando-se em posturas, e as posturas, em cenas), cuja profusão forma o relato sadiano. Em Sade, não há nenhum recurso a uma imaginação metafórica ou metonímica, sua erótica é simplesmente combinatória; mas por isso mesmo ela certamente tem outro sentido que a de Bataille. Pela troca metonímica, Bataille esgota uma metáfora, dupla, é verdade, mas cujas cadeias são fracamente saturadas; Sade, ao contrário, explora a fundo um campo de combinações livres de toda constrição estrutural; seu erotismo é enciclopédico, participa do mesmo espírito contábil que anima Newton ou Fourier. Para Sade, trata-se de recensear uma combinatória erótica, projeto que não comporta (tecnicamente) nenhuma transgressão do sexual. Para Bataille, trata-se de percorrer o tremor de alguns objetos (noção inteiramente moderna, desconhecida de Sade), de modo a permutar as funções do obsceno e as da substância (a consistência do ovo cru, a cor sanguinolenta e carminada das glândulas cruas, o vítreo do olho). A linguagem erótica de Sade não tem outra conotação que a de seu século, ela é uma escritura; a de Bataille é conotada pelo próprio ser de Bataille, ela é um estilo; entre as duas, algo de novo nasceu, que transforma toda experiência em linguagem *extraviada* (para retomar mais um termo surrealista) e que é a literatura.

Georges Bataille nasceu em Billom, na França, em 1897. Trabalhou por décadas como arquivista da Biblioteca Nacional da França e foi editor da revista *Critique* de 1946 até o ano de sua morte, 1962. Tendo se aproximado do movimento surrealista durante a juventude, Bataille foi posteriormente um dos membros fundadores do Collège de Sociologie francês. Sua obra é variada, composta de poemas, romances, ensaios e conferências. Entre seus livros mais notáveis estão *O erotismo* (1957) e *A literatura e o mal* (1957).

1ª EDIÇÃO [2018] 2 reimpressões

ESTA OBRA FOI COMPOSTA PELO GRUPO DE CRIAÇÃO EM MERIDIEN E
IMPRESSA PELA GEOGRÁFICA EM OFSETE SOBRE PAPEL PÓLEN BOLD
DA SUZANO S.A. PARA A EDITORA SCHWARCZ EM JUNHO DE 2024.

A marca FSC® é a garantia de que a madeira utilizada na fabricação do papel deste livro provém de florestas que foram gerenciadas de maneira ambientalmente correta, socialmente justa e economicamente viável, além de outras fontes de origem controlada.